恥ずかしさもかなぐり捨て、腰を高く上げてねだった。
出したばかりの夏目のそれは、まだ固く上を向いている。
俺はそれを自分の尻に、自分から擦りつけた。
「これ以上、可愛いことするなよ。止まらないぞ」

ラルーナ文庫

可愛くない

小中 大豆

三交社

CONTENTS

Illustration

高田ロノジ

可愛くない

本作品はフィクションです。
実際の人物・団体・事件などにはいっさい関係ありません。

放課後、音楽科の準備室へ行くと、非常勤講師の大森《おおもり》が今日も生徒たちに囲まれていた。

「秋《あき》ちゃんて、ほんとに美人だよね」

一回りも年下の女子高生から、秋ちゃん呼ばわりされ、そんなことを言われている。

今年の四月に入ってきたばかりの音楽教諭は、柔らかい物腰と浮世離れした美貌《びぼう》とで、二か月目の現在、早くも校内のアイドル的存在になっていた。

けど、休み時間も放課後も関係なく生徒につきまとわれるのは、わりと迷惑な話だと思う。実際に今も、

「ごめんね。そろそろ職員会議に行かないと」

彼がやんわりと言うのを、生徒たちはあまり聞いていないようだった。

新任で非常勤なんて、ただでさえ立場が弱いだろうに、職員会議に遅れでもしたら、また小うるさい主任教諭あたりから、嫌味を言われるに決まっている。

そんなわけで俺は、準備室のドアをわざと乱暴に叩《たた》いてみた。

「大森先生、お届けものなんだけど」

予想通り、こちらの顔を見るなり、男女交えた生徒たちの顔が一斉に強張《こわば》った。見れば

みんな、一年生だ。

後輩たちがまことしやかに流す噂《うわさ》によれば、『三年B組の加藤《かとう》先輩』は、凶悪凶暴、キレると手のつけられない『狂犬』だというから、無理もない。

悪ぶっているつもりはないのに、なぜか昔から、この手の噂を立てられるのだ。人並みよりデカい図体と一重の三白眼が、恐ろしげな印象を人に与えるらしい。

むやみに怯《おび》えられるのはうんざりするが、時には役立つこともある。たとえば今がそうだ。俺は狂犬よろしく、群がっている一年生を睨《にら》みつけた。

「秋ちゃんに用があったんだけど。取り込み中？」

彼らの顔色はみるみる青くなり、

「いえ、ど、どうぞ」

取って食いやしないのに、全員が逃げるように去っていく。予想以上の効果に思わずため息をつくと、大森がクスクスと声を立てて笑った。

「ありがとう。正直、助かった」

俺がわざと乱暴な態度をとったことを、彼はちゃんとわかってくれているようだった。

中には、俺が見てくれ通りの悪役だと思っている教師もいる。新任なんて必ずと言っていいほどビビるし、毎年の教育実習なんて、実習生の怯えっぷりにこっちが憂鬱《ゆううつ》になるくらいだ。

もちろん、ちゃんと中身を見てくれる先生だっている。大森とは授業で顔を合わせる以外、会話を交わすこともあまりないが、彼は幸い、後者に当たるらしかった。

「何もしてないんだけどね。はいこれ、うちのクラスの分」

持ってきたプリントの束を渡すと、大森は綺麗《きれい》な笑顔でありがとう、と言った。

「今日の課題だよね？　もう集めてくれたんだ」

「集めたのはクラス委員だよ。俺はそいつにじゃんけんで負けて、宅配係になっただけ」

言うと大森はまた、クスクスと笑いを漏らした。

「加藤君て、中身は普通のいい子なのにね。なんでここまで怖がられるかな」

「そりゃ、顔でしょ」

悪役顔も、人並み以上の身長も親譲りだ。これぱっかりは仕方がない。そうわかってはいても、大森みたいな人間を目の前にすると、歯がゆい気持ちが湧《わ》き上がってくる。

甘く中性的な顔立ち、男のくせに白くて滑らかな肌。身体《からだ》だって、華奢《きゃしゃ》で細くて。同じ男なのに、どうしてこんなに違うんだろう。

「そう？　数学の夏目《なつめ》先生の方が、怖いと思うけどな」

綺麗で人当たりが良くて、みんなに好かれて。

いつの間にか、自分と大森を比較していることに気づき、慌てて思考を振り払った。比べるべくもないのに。最近、なんだか自分の思考が暗い。

「そういや秋ちゃん、職員会議なんだろ」

「あ、そうだった」

慌てる大森に、「じゃあね」と、気易い挨拶《あいさつ》をして帰ろうとした時、廊下から足音が近づいてきて、準備室のドアが開いた。

「秋彦《あきひこ》。会議が始まるぞ」

入ってくるなり横柄な口調で大森を呼び捨てにしたのは、数学教師の夏目和久《かずひさ》だった。

さっき、大森に「怖い」と言われていた人物だ。

元は外資系の投資銀行にいたのを、教師に転職したという変わり種で、そのせいかどうか、教師らしい雰囲気がまったくない。

男っぽい美貌にはどこか凄《すご》みがあって、大森には「秋ちゃん」と馴《な》れ馴れしく呼ぶ生徒たちも、彼の前では「夏目先生」と、自然にかしこまった。

腰の据わった態度は教師にも一目置かれていて、その男っぷりには男女を問わず人気がある。何しろ大森が赴任してくる前は、彼が校内の人気を一手に集めていたのだ。

「ごめん。ちょっと生徒に呼び止められちゃって。今行くから、和久は先に行ってて」

大森も、夏目に対しては名前で呼び捨てだ。二人がこの学校の卒業生で、クラスメイトだったというのは有名な話だった。

普段はちゃんと、「夏目先生」「大森先生」と呼び合っているが、気を抜くと昔に戻るらしい。

「またか？」

ドアの脇《わき》にいる俺を見つけて、夏目がジロッと睨んできた。足止めしたのはお前か、と言わんばかりだ。それに気づいた大森が、助け船を出してくれた。

「彼は助けてくれたんだよ。他の生徒たちに囲まれて、困ってたからさ。ありがとね」

最後は俺に向けられた言葉で、こっちを見るとふんわり微笑《ほほえ》んだ。

本当に綺麗な人なのだ。身長も、俺や夏目の胸元くらいまでしかないから、綺麗な女の人に微笑まれている気分になる。

「いや、俺は別に」

「何を赤くなってるんだ。気持ちの悪い奴だな」

ぼんやりしている俺の隣で、夏目が嫌そうに言った。

「うるせえな。赤くなんかなってねえよ」

「早く行かないと遅れちゃうよ。じゃあね、加藤君。ありがとう」

頭上に漂う険悪なムードを感じ、またもや大森が仲裁に入る。

「うん、いってらっしゃい。秋ちゃん」

「何が秋ちゃんだ。大森先生だろうが」

「いいから行こう」

大森が夏目の腕を摑《つか》んで、引っ張っていく。仲のいい二人。

高校時代、仲が良かったからだろうか。他の教師とはつかず離れずの距離を保っている夏目が、大森に対しては自分から何かと構いたがる。

今だって、本校舎と離れた別棟にある音楽科の準備室まで、わざわざ大森を迎えにきたのだ。並んで歩く教師たちの後ろ姿を見送りながら、俺は不意に、置いてけぼりを食らわされたような、途方に暮れた気分になった。

と、その時、

「連児《れんじ》」

夏目がなんの前触れもなく、くるっとこちらを振り返り、俺の名前を呼んだ。

「え、はいっ？」

「今日の宿題、忘れるなよ」

「……」

宿題。その言葉を聞いた瞬間、ギクリと身体が固まる。別に、なんでもない言葉だ。教師が生徒に対して言う、しごく当然のセリフ。たとえ今日、数学の授業で宿題なんて出ていなくても。

不意を突かれて呆然《ぼうぜん》としていると、大森が訝《いぶか》しげにこちらを振り返った。俺は慌ててうなずく。

「わ、わかった」

何も知らない大森が、にこっと微笑んで「頑張ってね」と言い、夏目は感情のない一瞥《いちべつ》をくれ、さっさと廊下の奥に消えていった。取り残された俺は一人、ほっと息を吐く。

誰《だれ》も気づかない。気づくはずがない。想像すら、しないはずだ。

宿題という言葉が、夏目の決めた「俺の部屋に来い」というキーワードだってこと。それから、俺のベルトに付いているキーチェーンには、夏目の部屋の鍵《かぎ》がぶら下がっていて。部屋に行って二人でやることが、数学の宿題なんかじゃないってことは。

まだ一年生で、入学したての頃、俺は数学の担当になった夏目という教師が大嫌いだった。

いや、嫌いというのは正しくない。気になって気になって、それが気に食わないからだと思い込んでいた。

今考えればアホだと思う。でもあの頃は、まだ中学出たてのガキだったのだ……たとえその頃から、大学生だと間違われるくらいデカくて老けていたとしても。

ともかくアホなガキだった俺は、最初から夏目に突っかかっていた。生徒たちから恐れられている彼に、そんな態度をとるのは俺くらいで、向こうも物珍しかったんだろう。

クールな夏目にしては、躾《しつ》けの悪い犬をからかうみたいに、ガキっぽい俺の喧嘩《けんか》をよく買っていた。

くだらないあげ足を取る俺に、夏目が集中的に問題を当ててみたり。一年の数学の授業は二人のどつき漫才だった、とは、当時のクラスメイトの談だ。

そんな大ボケな俺が自分の気持ちに気づいたのは、二年生に上がってから。クラス替えがあり、数学の担当が夏目から別の教師に変わった。

授業で夏目に会えない。ただそれだけのことなのに、無性に寂しかった。

その後、夏目の姿を見つけると、我知らず目で追っていたり、廊下でばったり顔を合わせた時、すごく喜んでいる自分に気づく。最初から妙な反発心を抱いていたのも、実は夏目が気になっていたからだとわかって。

わかったが、だからといって、どうすることもできなかった。

俺みたいないかつい男に告られたって、ゾッとするだけだ。これは恋なのかとか、俺はゲイだったのかとか、いろいろ悩みはしたものの、自分の気持ちは誰にも言わず胸にしまって、ただの思い出にしようと思っていた。するはずだった。誰もいない職員室で、うたた寝している夏目に出くわさなければ。

それは去年の今頃、ある放課後のことだ。

部活で遅くなり、忘れ物を取りに校舎に戻って、数学科の準備室の前を通りかかった。ドアは半開きになっていて、なんとなく中を覗《のぞ》くと、夕日の差し込む窓に頭をくっつけ、夏目が一人、眠っていた。

中間テストが終わった直後だ。テストの採点で疲れてるんだろうな、なんて思いながらも、端整な彼の寝顔に見惚《みと》れてしまっていた。

とっくに下校時間が過ぎた校舎の中はシンと静まり返っていて、その場にいるのは俺と夏目だけ。魔が差したんだと思う。

規則正しい寝息を聞いているうちに、無性に彼に触れたくなった。

(ちょっとだけ)

気づいたら、部屋の中に入っていた。もしも目を覚ましたら、脅かすつもりだったんだって言い訳しよう、そんなしょうもないことを頭の隅で計算しながら、恐る恐る彼の顔に手を伸ばす。

指先が唇に触れても、寝息は途切れなかった。もっと触れたい衝動に駆られた。

その時のことは、今でもリアルに覚えている。初めて女とヤッた時だって、あんなふうにドキドキしなかった。

心臓の音が聞こえませんように、と祈りながら息を殺し、身をかがめて、唇を相手のそれに押しつける。

ほんの一瞬。掠《かす》めただけのキスだったのに、唇が触れた瞬間、彼の身体はピクッと跳ねた。ふと半眼が開き、俺は慌てて飛び退《すさ》る。逃げなきゃ、と思ったものの、身体が動かなかった。

硬直する俺の前で次の瞬間、肉薄の唇から漏れた声は。

「アキヒコ」

(え?)

誰のことなのかわからなかった。だが、聞き間違いではなかった。鳩尾《みぞおち》の辺りを押さえ込まれたような、気分の悪さを感じた。

アキヒコって誰だ。恋人? キスの感触に寝ぼけて男の名前を呼ぶ、それはつまり、夏目もゲイってことなんだろうか。

逃げ出すことも忘れて、様々な思考がぐるぐる頭の中を回った。そんな俺の前で、夏目は頭を少し振り、今度はぱっちりと目を開く。俺の姿を認めて、驚いたような顔をした。

「お前……加藤？」

それから骨っぽい大きな指が、何かを探るように自分の唇を撫《な》でた。

「今の……」

カッと顔に血が集まるのを感じた。気づかれたのだ。

「お、俺は……ただ……」

情けない声が、独りでに口から漏れた。

「ただ？」

感情の見えない顔で、夏目がまっすぐにこちらを見据えている。パニック寸前だった。

「ただ、脅かそうと思って」

あまりにも陳腐な言い訳だ。さすがに向こうも予期していなかったらしく、一瞬、大きく目を見開いたかと思うと、クッと声を出して笑い出した。

「何がおかしいんだよ」

いや、どう聞いても、おかしい。夏目は愉快そうに笑いながら、おもむろに立ち上がった。

「脅かすために、男にキスするのか。お前は」

迫力のある長身が近づいてくる。俺は内心でビビりながらも、精一杯、相手を睨み上げた。明らかに面白がっているとわかる、意地悪な口調。

「あ、あんただって」

無性に悔しかった。

「なんだ？」

「俺がキスしたら、アキヒコって言ってた。あんた、ホモなのかよ」

手持ちのジョーカーを出したつもりだったのに、相手はしゃあしゃあと、

「そんなこと、言ってたか？」

「言ってたよ！」

「そうか。けど」

全然こたえていない口調だ。ゆっくりと近づいていた夏目が、俺のすぐ目の前に立った。

「だからって人の寝込みを襲うのは、感心しないな」

ニヤッと物騒な笑いとともに、大きな手が俺の顎《あご》を捉《とら》える。

「え……」

彫像みたいに整った顔が近づいてきても、俺はアホみたいに固まっていた。

ゆっくりと唇が押し当てられる。それは一瞬で離れ、こちらの反応を窺《うかが》い、呆然としているのを見てまたクスッと愉快そうな笑いを漏らし、再び唇を塞《ふさ》いだ。

今度は長いキス。舌が、歯をこじ開けて入ってくる。

「ん、んんっ！」

途中で我に返って抵抗したが、夏目の腕はびくともしなかった。息をする間もないくらい、何度も唇を吸われ、熱い舌で口腔《こうこう》を嬲《なぶ》られて、こっちが抵抗できないほどグダグダになるまで、キスは続いた。

やっと解放された時、立っていられなくて、その場にへたり込んだほどだ。

一方、夏目はまったく余裕だった。腰を抜かしている俺を、相変わらず愉快そうに見下ろし、

「女を食い散らかしてるって噂だったが。やっぱり噂は噂だな」

馬鹿にしたような口調にカチンときて、俺はその場に座り込んだまま睨み上げた。

「このセクハラ教師。訴えてやるからな」

「寝こみを襲ってきたのはお前だぞ？」

ぐっと言葉に詰まった。確かにそうだ。言い返せないでうつむくと、夏目はやはり、お

かしそうに喉《のど》を鳴らす。

「下校時刻を過ぎているのは、目をつぶってやる。早くトイレに行ってこい」

ズボン越しにもはっきりと張り詰めたそれを、指摘されるのは屈辱だった。

「もう、寝込みは襲うなよ？　次は何をするかわからんぞ」

余裕の微笑みで颯爽《さっそう》と退場。みっともなく腰を抜かした俺を取り残して。

「クソッ。覚えてろよ！」

その時は、それだけで終わりだった。

懲りないというより、懲りたくない俺がその後も突っかかり、夏休みに入る前に二回、キスをされた。

休みを挟んでやっぱり喧嘩を売ったのは、キスで終わりにしたくなかったからだ。向こうもそれはお見通しで、夏目に気づかれてるってことに、俺も気づいていた。

「本当に懲りないな、お前は」

呆《あき》れ顔で、でも俺の吹っかけたくだらない喧嘩を買ってくれた夏目は、キスの後に俺をトイレには行かせず、自分の手で処理してくれた。

そんなことがやっぱり二回ほどあって、なし崩しに最後までやったのは、秋の学園祭の時だ。

「あんたはしなくていいのかよ？」

とかいうことを言ったと思う。その時は口でもするつもりだったのだが、押し倒されて、数学科準備室のソファの上で彼に抱かれた。

夏目にとっては同情とか、成り行きとか、断るに断れなくて、とか。そういうことだったのかもしれない。それでも、構わなかった。

とにかく俺は夏目に惚《ほ》れてるし、もともと叶《かな》わないと思っていたのが、手に入ったのだ。なし崩しだろうが構わない。

その後、俺は喧嘩を売らなくなった。夏目は相変わらず余裕たっぷりだったが、冬休み前、彼のマンションの鍵を渡された。

「こういう関係が嫌なら、受け取らなくていい」

冷たい鍵の感触と、同じくらい冷めた男の口調。どうしてここまで付き合ってくれるのかわからなかったけど、嫌なわけがない。

誰もいない放課後を見計らって軽く触れ合う代わりに、週末は夏目の部屋で、セックスに明け暮れるようになった。

『宿題』っていう秘密のキーワードも共有して。

夏目が、好きとか愛してるとか、甘い言葉を吐くことはなかったが、いつも優しかったし、俺に気を使ってくれた。時々、こっちが勘違いするくらいに。けど、間違えてはいけない。

夏目には他に、好きな相手がいるのだから。

「高校の時の親友で、恋人だった」

あの後、寝言のことが気になって尋ねたら、あっさり教えてくれた。アキヒコとは、一年の時から卒業まで、付き合っていたのだそうだ。おまけにお互いが初めての相手。

その後、恋人は卒業と同時に音楽留学のために海外へ行き、自然消滅したのだという。そこら辺の詳しい経緯については、多くを語らなかったのでよくわからない。

「忘れられないのか？」

という問いには、ただ笑うばかりで、何も答えてはくれなかった。

自然消滅ということは、嫌いになって別れたわけじゃないんだろう。十年経った今でも、夢に見るほどなのだ。その人物がまだ、夏目の中にいることは容易に想像できる。

それでも、昔は昔。その時点でアキヒコという男は、夏目の過去に過ぎなかった。

しかしこの四月、音楽科の非常勤講師がやってきた。大森秋彦、二十九歳。秋彦という名前にもしやと思い、夏目とは同級生らしいという噂を耳にした時、確信した。彼が、『アキヒコ』なのだ。

何気なさを装って尋ねると、夏目は笑って肯定した。

「綺麗な奴だろう？　ちょっかい出すなよ」

その場で別れを告げられるかとも覚悟したが、幸い夏目は、あっさり本命に乗り換えるような薄情な男でもなかった。何も言われないからとりあえず、今も俺たちの関係は続いている。

けれど、それは時間の問題に思われた。夏目の大森に対する態度は、明らかに同僚のそれとは違っている。

付き合って別れて、十年ぶりに再会したら普通はもっとよそよそしいと思うのだが、そんな様子は微塵《みじん》もない。

それに何より、女子生徒ばかりか、男子生徒たちでさえ色めき立つほど、大森は綺麗だ。

ある日突然、

「やっぱり忘れられないんだ」

なんて言われて、別れを告げられる日が来るんじゃないか。このところ俺は、そんな未来を予測して、怯えていた。

「こら連児。何を自分に見惚れてるんだ」

鏡の中の自分と睨み合っていたら、バスルームから出てきた夏目に見つかった。

学校でも意地が悪いが、二人きりになっても、こいつは意地悪だ。時計を見ると、九時前だった。夏目のマンションに一足先に帰り、帰ってきた彼と食事の後、二時間近くセックスをしていた。

教師と生徒、二人きりでゆっくり会えるのは週末くらいで、会うと必ず長期戦になる。ベッドでも意地の悪い男にさんざん泣かされて、風呂《ふろ》から上がって寝室に戻ると、鏡の向こうには、ぼうっと立ってる自分が映っていた。

「うるせえな。見惚れてるんじゃねえよ」

落ち込んでたのだ。俺の顔が、身体が、あまりにも男っぽいから。

鏡に映るのは、どこをどう検分しても男の顔だ。

おまけについ最近まで、まともに水泳部に出てたせいでまあ、逞《たくま》しく育っちまって。体育会系のわりに温《ぬる》い部活のお陰で、マッチョというほどではないのだが、身長なんか去年から五センチも伸びて、今では百八十三もある。

夏目が百九十近い長身なので、辛うじて俺の方が低いものの、視線の高さは大して変わらない。自分で言うのもなんだけど、夏目もよく、こんなのに突っ込めるよな。

「あんたこそ。こんなデカイ鏡、自分の部屋に置いたりしてさ。毎日、自分の身体見てオナニーしてんじゃねえの」

ベッドの前にある、大きなクローゼット。先月、そのクローゼットの表面に鏡が取り付けられた。お陰でデザイナーの粋を凝らしたマンションの寝室は、田舎のラブホテルのような、大層いかがわしいことになっている。

「するか。まあ、ちょっと失敗だったかもな。一人で寝てると落ち着かないんだ」

「じゃあ、改造しなきゃよかったのに」

言うと夏目は、にやりと婀娜《あだ》っぽい笑みを浮かべた。

「けど、セックスの時は燃えるだろ。お前もさっきは、これで二回イッたし」

意地の悪い口調に、あの時の光景がよみがえり、思わず顔が熱くなった。

(——そんなに気持ちいいか)

低い艶《つや》のある声が、耳元で囁《ささや》いた。

(見ろよ。お前のここ、俺にブチこまれて、ヒクヒクしてる)

足を大きく開かされ、鏡の前にすべてを晒《さら》された。

そこに、夏目の太く固い楔《くさび》が打ち込まれているのが見える。無理やり広げられた穴が、痛みと快感で小さく痙攣《けいれん》していた。夏目に、犯されてる。そう思うだけで、身体が震えた。

「……思い出したのか？」

赤くなる俺を見て、夏目は面白そうに笑った。

大きな手が伸び、俺の首や顔の輪郭を撫でる。暖かく柔らかい手が心地よくて、目をつぶると、唇を吸われた。

「可愛《かわい》いな、お前は」

低く甘い声。いつも憎まれ口か皮肉しか言わないのに、二人きりの時はたまに、こっちの背中がむずくなるような臭いセリフを平気で吐いてくる。俺のことを可愛いなんて言うのは、彼だけだ。それでも嬉《うれ》しくてついキスに応《こた》えていたら、バスローブの裾《すそ》を割って、手が足の間に伸びてきた。

「ちょっ、まだやるのかよ」

今のキスで少し立ち上がりかけていたが、後ろは夏目のものでさんざん掻《か》き回されて、まだヒリヒリしてた。腰もだるい。これ以上やると、足腰が立たなくなりそうだ。

「さすがに辛《つら》いか？」

やりたい盛りの俺がこのザマなのに、夏目はケロッとしているのが恐ろしい。どんだけ絶倫なんだ。

「腰だるい」

正直に弱音を吐くと、くすっと笑って抱きしめられた。

「また、やりすぎたな。ちょっとセーブしないと、そのうち、お前の身体が壊れそうだ」

「別に。俺、頑丈だから」

それだけが取り得だ。

「頑丈、か」

その言葉尻《じり》が面白かったのか、なおもクスクス笑いながら、首筋や胸にキスを散らした。痕《あと》になるようなことはしない。以前、肌が斑《まだら》に見えるくらいキスマークをつけられたことがあったが、それも冬休みと春休みの時だけだったから、彼なりに気を使っているのかもしれない。体育や部活があるので、一応、気を使ってくれているらしい。

「ちょっと痩《や》せたんじゃないか」

はだけた襟の間を指でなぞりながら、夏目が言った。

「肉が落ちた」

「ん……」

食事を減らしたのと、部活をさぼっているお陰で、少し体重が落ちた。無駄なあがきだとわかっちゃいるが、ちょっとでも見苦しくない身体にしようと、俺は俺なりに努力しているのだ。とはいえ、まだ腹は割れてるんだけど。

夏目も、同じように筋肉がついていて逞しいが、不思議とむさ苦しさはない。厚い胸も、この俺を組み敷けるくらい太い腕も、常に計算しつくされたような、絶妙なバランスを保っている。

「あんたが教師だなんて、詐欺だ」

その色っぽさにクラクラしながら、呟《つぶや》いた。

「なんだ、急に」

「教師ってツラじゃないじゃん。女はべらしてる方が似合ってそう」

「生憎《あいにく》、生まれてこの方、女を好きになったことはないんだ」

そういう夏目は、かなりの遊び人だったようだ。大森と別れた後、相当な男遍歴があったことは、言葉のはしばしからうかがえた。まあ、これだけの容姿だ。今はしがない高校教師でも、前職の時は相当な収入があったらしいし、男でも女でもほうっておかないだろう。

「美少年はべらしてるのも、似合うぜ」

「それはいいな。はべってくれ」

バスローブの紐《ひも》を解かれた。するりと手際よく脱がされる。

「美少年じゃないし……ていうか、まだやるのか？」

明日は土曜日で、半日とはいえ授業があるんだが。

「悪いな。車で送るから」

俺の心を見透かすように、囁く。低く甘い声にゾクゾクした。

「後を引くんだよ。お前の身体は」

この男に求められたら、嫌だなんて言えない。

「夏目……」

「二人の時は、名前で呼べ」

いつも言ってるだろう、と怒った口調に、噛《か》みつくようなキス。今が何時かなんて、どうでもよくなったその時。

携帯電話が鳴った。俺の携帯じゃない。聞き慣れないその着信音に、なぜだか夏目は顔色を変えた。背中に回しかけていた俺の腕を振りほどくと、チェストに置かれた携帯ヘダッシュする。

「秋彦か。どうした」

電話に出るなり、そう言った。着信番号を確認しなくても、誰なのかわかっているみたいだった。

「何かあったか。いや、いい。今は……」

言いながら、ちらりとこっちを見る。あまり、聞かれたくない話らしい。俺はちょっとため息をついたが、ベッドから下りて、部屋を出た。後ろから、夏目の声が刺さる。

「大丈夫だ。ああ。今は……一人だよ」


「あれ、連児サン。珍しいっすね」

久しぶりにプールサイドに立つと、二年の後輩が気づいて近寄ってきた。

「ここんとこサボッてたのに。部長が怒ってましたよ」

後輩が指した方角に部長がいて、俺を睨んでいた。

「悪ィ。これからちゃんと出るから」

月曜日。俺は水泳部に顔を出していた。実にひと月ぶりだ。部長が睨むのも無理はない。

金曜の夜、大森から夏目の携帯に電話があった後、俺はすぐ家に帰った。というより追い出されたのだ。

「すまない。ちょっと急用ができた」

言いながらも、夏目は慌ただしく身支度をし、車のキーを手に持っている。

（こんな時間に、なんで？）

気になったが、口には出せない。グチャグチャとくだらないことを言って嫌われたくなかったし、夏目の顔がいつになく真剣だったからだ。

「秋ちゃん？　何か深刻そうだな」

「……ちょっとトラブルがあった。それで今夜は、あいつをこっちに泊めることにしたんだが」

彼にしては珍しく口ごもって言う。そりゃあ、元カレが来るから出ていけとは、言えないだろうよ。

「わかった、帰る」

「すまない」

送っていく、というのを断った。

「まだ電車はあるし。急いでんだろ。いいから行けよ。鍵かけて出るから」

なんでもないふりをするのには成功したが、本当は泣きそうだったのだ。車で送られたりしたら、たぶん、我慢できない。俺が涙なんか流したら、さすがに引くだろ。

「悪いな。今度、埋め合わせをするから」

とりあえず、今度はあるらしい。卑屈なことを考えながら家に帰ったが。それきり、奴はなんの連絡も寄越さない。

月曜になって、学校の廊下でばったり彼に出くわしたが、周りに人がいたから挨拶だけしてすれ違った。もちろん、その時も「宿題しろ」なんて言われない。

それで俺はヤケになって、これ以上筋肉をつけたくなくてサボっていた、水泳部に顔を出していた。

「連児先輩。部長が、今度サボったら部員全員にマックおごりだって」

部長の側《そば》にいた別の後輩が、笑いながらそんなことを言う。俺もふざけて後輩に頭《こうべ》を垂れた。

「すんません。それだけはカンベンしてください」

嫌いで行かなかったわけじゃないから、部活は楽しかった。部活が終わって、ロッカールームで携帯を確認したが、相変わらず連絡はない。

「お前。マジでフラれたんじゃないのか？」

携帯を片手にため息をついていると、背後からいきなり声をかけられ、飛び上がった。部長だ。

「っんだよ、いきなり」

「みんなでお前の噂してたんだよ。女ができてサボッてるんじゃないかって。で、いきなり今日来ただろ。フラれたんだろうってさ」

「うるせえな。フラれてねえよ、まだ」

俺が言うと、部長はくるっと後ろを向いて、部員全員に叫んだ。

「よっし！　加藤はまだ、フラれてないそうだ。三年の勝ち、な」

まだ、というところをことさら強調するのが憎らしい。部長の宣言に対して、三年はガッツポーズをとり、二年はクソッと悔しそうな顔をした。入って間もない一年は、よくわからない様子で呆然としている。

「学年対抗で賭《か》けてたんだ。お前がフラれたかどうか。負けた学年が勝った学年と一年生におごるの」

彼女のいない部長は、他人の不幸が嬉しそうだ。

「お前らなあ。人を勝手に賭けの対象にすんじゃねえよ。っつーか二年、俺がフラれた方に賭けてたワケね」

結局俺たちは全員、帰り道にあるファーストフード店に立ち寄った。もちろん、資金は二年持ち。十人ほどの弱小クラブだから、上下関係も厳しくない。和気あいあいとしたもんだ。

「今年も、あんまり部員が増えなかったなあ」

店を出て解散し、帰り道が同じ部員の数人と駅に向かって歩きながら、俺はふと呟いた。

「毎年こんなもんだろ」

「それはそうなんだけど。俺のせいかなって」

　前から気になっていたことだ。そう口にすると、同じ三年の田辺《たなべ》が、「なんで?」という顔をした。

「俺、よく怖がられるだろ。こないだ音楽準備室に行った時なんか、ちょっと睨んだだけで、一年は逃げ出すし」

　意図的にやったことだが、あからさますぎてちょっと傷ついた。すると、二年の後輩が相槌《あいづち》を打った。

「俺、同じクラスの女子に聞かれたことありますよ。加藤さんと一緒の部活で、怖くない？　って」

　やっぱり。ため息をつく。昔から、ヤンキーっぽい女には好かれるのだが、普通の女にはすこぶる評判が悪い。中学の時も、他校の生徒をカツアゲしてるとか女を孕《はら》ませたとか、いろいろ噂を立てられたことがある。

「ちゃんと訂正したんだろうな。加藤先輩は、真面目《まじめ》で優しくて面倒見がいいって」

「や、すげえ怖いって答えておきました。辞めたいけど、加藤さんが怖くて辞められないって」

「あのなあ。お前らがそんなこと言うから、噂に尾ヒレがつくんだよ」

面白がって勝手なこと言いやがって。逃げ出される方の身にもなってみろ。

「けど先輩、野郎には密《ひそ》かな人気がありますよ」

取り成すようにもう一人の二年が言ったが、お世辞にしたってあまり嬉しくはない。

「そうそう。連児さんにならら抱かれたいって男が、水泳部にも一人や二人……」

「いねえよ」

突っ込みながらげんなりする。結構、酒落《しゃれ》にならない話をしてるよな。男に抱かれてますなんて、口が裂けても言えない。とその時、笑いながら俺たちのやり取りを聞いていた田辺が、ふと真顔になった。

「あれ、大森じゃねえ？」

俺たちは一斉に、田辺の視線の先を追う。駅に向かうサラリーマンや学生に混じって、確かに大森の姿があった。

どういうわけか、三人の男子学生に囲まれている。うちの学校の制服ではない。ニヤニヤ笑っている学生と、困惑したような大森の顔。

「あの制服、サガ高だよな」

田辺が言って、俺もうなずく。ガラが悪くて有名な、近所の男子高だ。

うちの生徒もよく、サガ高の連中にカツアゲされたり、意味もなく喧嘩を吹っかけられたりしている。俺も何度か喧嘩を売られたことがあった。

「ちょっと、ヤバくねえか？」

大森とサガ高の奴らは、ちょうど十字路を曲がろうとしていた。その先は、住宅街に続く細い道で、あまり人も通らない。

「行ってくる」

ぐずぐずしている暇はなさそうだ。

「一人で行くな。俺も行く」

田辺が後に続く。

「お前らここで待ってて。んで、十分経って戻らなかったら、学校に連絡して……夏目を呼び出せ」

教師が他校の生徒にカツアゲされたなんて、他の教師にばれたらまずい。夏目に連絡を取るのが得策だろう。

二年に指示を出すと、二人はそれですべてを察したようで、黙ってうなずいた。俺と田辺は大森を追いかける。

十字路を曲がってすぐ、駐車場がある。そこに停められたワゴン車の陰に、彼らがいた。

大森は男子生徒の一人から、馴れ馴れしく肩を抱かれている。

通行人もちらほらいたが、胡乱《うろん》そうな目をちらりと向けるだけで、みんな通り過ぎていく。

「大人なんだから、金持ってんでしょ」

大森は強張った顔で、それでもキッと相手を睨み上げた。

「君たち、どこの学校？　馬鹿な真似《まね》はよしなさい」

男の一人が苛立《いらだ》たしげに舌打ちして、大森の背後にあるブロック塀にガツッと蹴《け》りをかました。条件反射で、大森がビクッと跳ねる。

「聞き分けがねえなあ。金出さないと、犯《や》っちゃうよ」

脅しではない証拠に、男は微《かす》かに欲情した目をしながら、ぺろりと自分の唇を舐《な》めた。

行きますか、と背後で田辺が呟き、俺も一歩足を踏み出す。

「お前ら、何してんの」

俺が声をかけ、

「ひょっとしてカツアゲ？　さっすがサガ高、ベタだね」

田辺が馬鹿にしたように言った。三人が一斉に振り返る。大森もハッとして、俺たちを見た。

「加藤君。田辺君も？」

名前が挙がった途端、三人の顔色が変わった。

「加藤。一高の加藤？」

「『狂犬』……」

誠に不本意ながら、俺は言われた通りの『狂犬』になって、三白眼を見開いてみせた。

「その人、うちの先生なのよ。返してくれないかなあ」

本物の狂犬相手には効かないかな、とちょっと心配だったのに、三人はクソッとか覚えてろよ、とか捨てゼリフを吐きながら、あっさり逃げていってしまった。

出番のなかった田辺が、それを見てクククッとおかしそうに笑う。

「『狂犬』だってさ。相変わらず強えな、うちのワンちゃんは」

俺は田辺を軽く睨んでから、大森に駆け寄った。

「秋ちゃん、大丈夫？」

大森は塀に身を預けていたが、ホッとした様子でうなずいた。

「大丈夫。ありがとう。田辺君も」

痛々しげな美貌で微笑まれ、いやあ俺は何も、とかなんとか言いながら、田辺が顔を赤らめる。その時、待機していたはずの二年たちが、十字路を曲がってこちらにやってきた。

「先輩、大丈夫っすか」

「待ってろって言っただろ」

「いえ、奴らが逃げてくのが見えたから」

「そ。こいつの一睨みで」

田辺が顎をしゃくって俺を指した。すると二年が、

「さっすが『狂犬』」

連中は爆笑し、俺は今度こそ本気で睨んだのだが、奴らにはまったく効かないのだった。


「ごめん、こんなに遅くなって。おまけに、生徒に送らせるなんて」

田辺たちと別れた後、一緒に帰る道すがら、大森は何度も謝ってきた。

遅いといってもまだ八時だ。うちは放任主義だったから、中学の時から外泊も珍しくない。あまり頻繁だとさすがに怒られるが、両親が仕事から帰る前にきちんと連絡を入れておけば、あまりうるさいことは言われない。

最初にそう言ったのだが、それでも大森は教師という立場上、自分の都合で生徒に夜道を歩かせることが、気になるようだ。

「送るって、一緒に帰ってるだけだろ」

サガ高の連中が、また戻ってこないとも限らない。大森がうちの近所に住んでいると聞いて、一緒に帰ることにしたのだ。

「でも、教師のくせにカツアゲされて。生徒に助けてもらって。本当に自分が情けないよ」

悔しそうに言って、大森は唇を噛んだ。ずっと音楽一筋だったらしい彼は、きっと喧嘩なんてしたことはないのだろう。不良に絡まれた経験だって、なかったはずだ。

駐車場で大森を助けた時、笑顔でありがとうとごめんねを繰り返しながら、小さく震えていた彼の姿を思い出し、可哀相《かわいそう》になった。

「普通はヘラヘラ笑って金出すもんじゃない？　けど秋ちゃんは、ちゃんと抵抗してたし。落ち込むことなんてないよ」

チンピラ相手に、大人も子供も関係ない。あいつらは、いけそうだと思ったら教師でも生徒でも関係なく襲うし、大人の方が保身は上手いのだ。

それに比べれば、内心の恐怖を押し隠しながらも毅然《きぜん》とした態度をとっていた大森は立派だと思う。そう言うと大森は、白い頬をほんのり赤らめた。

「加藤君て、優しいよね。怖いって言いながら女の子が騒ぐの、わかるな」

そして何かを振り切るように、大きく伸びをすると、あーあ、と呟いた。

「僕も、夏目先生とか、加藤君みたいに男らしい男に生まれたかったなー。顔も身体も、男っぽくなりたい」

大森がそんなふうに思っているなんて知らなかったから、ちょっと、びっくりした。俺は、大森の容姿が羨《うらや》ましかったから。

「秋ちゃんが男らしくないって意味じゃないけど、秋ちゃんは今のままがいいな。そんな綺麗な顔で、身体が俺みたいにガチだったら、バランス悪いよ」

大森は少し目を見開き、それからふと、何かを思い出したように笑った。

「夏目先生も、同じこと言ってた」

唐突に彼の口から夏目の名前が漏れて、俺はギクリとした。

「夏目？」

「こないだ、準備室に来た時ね。加藤君みたいに鍛えようかな、って言ったんだ。そしたら、バランス悪いからやめろって。腹が割れた僕を想像して、気持ちが悪くなったって言うんだ」

「気持ち悪い」

その言葉に、愕然《がくぜん》とした。

「ヒドイよねえ。僕だって鍛えれば、それなりに見られるようになると思うんだよ」

俺みたいなのは、やっぱり気持ち悪い？　目の前が暗くなる。わかってたけど、はっきり言われるとキツい。

「夏目と秋ちゃんて、仲がいいんだね」

「そうだねえ。同級生だしね」

同級生？　それだけじゃないだろ。喉まで出かかった言葉を、飲み込んだ。彼のせいじゃない。大森は悪くない。なのに今、急に大森が憎らしくなった。

「加藤君？」

覗き込んでくる瞳《ひとみ》は、吸い込まれそうなくらい澄んでいる。透明で無垢《むく》な美貌。彼が何かしているわけじゃない。なのにその気がない俺でも、彼を見ていると一種、嗜虐《しぎゃく》的な感情が湧き上がってくる。魔性ってのはこういう人を言うんだろうな、と彼の瞳を見つめ返して思った。

この浮世離れした綺麗な顔を捨てて、俺みたいにむさ苦しい男を取る奴が、どこにいる？

「加藤君？　なんか、気に障ること言った？」

「いや、ごめん。秋ちゃんが綺麗だから。見惚れちゃった」

笑いながら、自分の中で嫌な感情がどんどん膨らんでくるのを感じていた。こんなふうに思っちゃいけない。大森は、いい奴なのに。

「やだな。からかって」

この人になりたい、と思った。同時に、この人がいなければいい、とも。そんなことを考える自分が怖い。

「本当のことだよ」

「加藤君？」

微笑むと、大森は訝しげに首を傾《かし》げた。不思議そうな声で俺の名前を呼んだ、その時。

「何やってるんだ」

聞き慣れた声がした。艶のある低い声。はっと前を見ると、数軒先のアパートの前に、見覚えのある黒いセダンが止まっていた。その脇に長身の男が立っている。

「あれ、和久？」

男の名前を呼んだのは大森だ。彼が駆け足で近寄ると、夏目はほっとしたように息を吐いた。

「俺より先に帰ったのに、家に電話しても留守だし。携帯にも出ないから、心配した」

「えっ？　気づかなかった。ごめん、わざわざ来てくれたんだ」

ああ、と答える夏目の顔は、心底安心した様子だった。それを傍《はた》で聞きながら、呆れてしまう。大の男が電話に出ないくらいで、家まで来るか、普通。

「で？」

と、大森を見る目とは打って変わって、俺にくれるのは剣呑《けんのん》な視線。この差はなんだ。

「どうして、連児が一緒にいるんだ」

「あ、あのね、彼。家が近所なんで、送ってくれたんだ。その、帰り道、他校の生徒にカツアゲされちゃって」

「カツアゲ？」

聞き返されて、大森は恥ずかしそうに顔をうつむけた。

「情けないんだけど。通りがかった加藤君が助けてくれて」

また、悔しそうな顔になる。気の毒になって、思わず口を挟んだ。

「サガ高に絡まれたんだよ。奴らのガラの悪さは、あんたも知ってんだろ？　仲間連れて戻られたらまずいからさ。一緒に帰ってたんだよ。あんたに責められるようなことは、何もしてないつもりだけど」

睨み返すと、夏目はふい、と視線を逸《そ》らした。

「別に、責めてるわけじゃない」

「ごめんね、和久。加藤君も。あ、上がってお茶でも……」

二人の間に立って気を使う大森の頭を、夏目はポンポンと軽く叩いた。

「いや、無事ならいい。様子を見に来ただけだ」

それから俺に向かって、車に乗れ、という仕草をする。ちょっと、態度が全然違うんですけど。

「こいつを送って帰る」

「ん。ありがとう。加藤君もごめんね」

「俺たちの見送りはいいから、中に入ってろ。鍵はちゃんと閉めろよ。何かあったら、すぐに電話しろ」

有無を言わせず、大森を家の中に押し込めてから、車はようやく発進した。

大森に対する、あまりの過保護ぶりに言葉が出ない。彼に惚れてるからってことを差し引いても、ちょっと構いすぎやしないか？

しかも一応はまだ、付き合っている男の目の前で。俺はムカついて黙り込み、夏目の方もむすっとしていたから、車内ではしばらく重苦しい沈黙が続いた。

「秋彦とは、ずいぶん仲が良くなったみたいだな」

先に口を開いたのは夏目だ。

「はあ？　まあ、悪くはないけどな」

「綺麗だから見惚れてた？　往来で教師を口説くとは、いい度胸じゃないか」

聞こえてたのか。辺りは閑静な住宅街だ。大声を出したつもりはなかったが、夏目の耳には届いていたらしい。

「口説いてたわけじゃない」

「ふん？」

疑っている眼差《まなざ》し。なんだそれ。カチンときた。

「あんたこそ、この間といい、とても同僚に示す好意とは思えないぜ。今日なんて、下手すりゃストーカーだ」

「ストーカー」

心外そうに眉《まゆ》をひそめる。その通りだろ、と言ってやった。

「俺のこと追い出して迎えに行くくらい、元カレが大事なんだろ。首に縄でもつけとけよ」

いちいち前のことを持ち出すなんて、しっこいと自分でも思うが、これくらいは言わせてもらいたい。

「妬《や》いてるのか」

楽しげに言うから、さらにむかついた。

「死んじまえ」

だが夏目はなぜか急に、そんな俺を見て機嫌を直した。

「この間のことは悪かった。その後、連絡しなかったのも」

ハンドルを握りながらだったが、真摯《しんし》な顔で謝ってくる。素直に謝られたら、こっちも怒っていられない。

「別に怒ってない。不貞腐れてただけだ」

わざとそんなふうに言うと、夏目もクスッと笑った。

よかった。冗談が通じたみたいだ。二人の間にある気まずい空気がようやく溶けると、夏目は先週の一件について、説明してくれた。

「あの夜、秋彦の家に、空き巣が入ってな」

「空き巣？」

前方を見たまま、夏目は小さくうなずく。

「帰ったら、部屋がめちゃくちゃに荒らされてたそうだ。実際に行ったらひどかった。部屋中の物がぶちまけられてて。本人も動揺していたし。警察に通報した後、うちに泊まらせて、土日は一緒に部屋を片づけてたんだ」

家に帰る道すがら、大森といろいろ話をしたけど、そんなことは一言も言っていなかった。土曜は空き巣で、月曜がカツアゲなんて。大森もツイてない。あまりの運のなさに毒気を抜かれた。

「災難だったな。あんたも、お疲れ様」

何気なく言ったのだが、夏目は表情を緩め、ふっと笑った。車を路肩に寄せ、サイドブレーキを引く。

「連児」

名前を呼んで、俺の顔を引き寄せた。ここは公道だ、と言おうとしたが、唇を塞がれていて言えない。

微かに煙草《たばこ》の味がして、鼻先にはトワレの香りが仄《ほの》かに掠める。それだけで、身体の奥から熱いものがせり上がってきた。

制服のネクタイが緩められる。長く器用そうな指が、ズボンのベルトにかかっているのに気づいて、さすがに抵抗した。

「外から見えるって」

「部屋ならいいのか？」

切れ長の眼が覗き込む。一睨みでイッちまいそうな、凶悪な美貌だ。

「連児？　今日はマズいか」

「抱いてくれんの」

なるべくなんでもないふりをして、けれど内心では恐る恐る尋ねると、相手は破顔して何度もキスを繰り返した。俺もうっとりと目を閉じた時。

「連児」

「ん？」

甘い時間は終わった。

「もう秋彦に構うなよ。あいつは教師で、お前は生徒。おまけに未成年だ。今後、こういうことがあったら、自分で動く前に警察か俺たち大人を呼べ」

「わかってる。けど、別に構ってねえよ」

せっかくいい雰囲気だったのに、と睨んだが、夏目は呆れたように嘆息するだけだ。

「無自覚だから心配してるんだ。お前、なんだかんだ言ってあいつのこと気にしてるだろう」

それはあんたの恋人だったからだ、と俺が言うより前に、さらに聞き捨てならないことを言う。

「俺が迎えに来たのは、お邪魔だったか」

「はあ？　何言ってんだ」

わけがわからない。

「喧嘩売ってんの」

「かもな。まあそれも仕方がないか。あいつはノンケでも構わず落とすくらいの美人だしな」

皮肉っぽい笑いとともに返されて、カチンときた。

「元カレのあんたも、懲りずにクラッとなるくらい？」

こっちも、わざと挑発するように言った。そんなわけないだろうと、即座に否定してほしかったのに。夏目は苛立たしそうに、鼻で笑った。

「そうだな。秋彦はお前と違って女みたいに綺麗だし。素直で可愛……」

言い終わる前に、夏目を叩いていた。拳《こぶし》ではなく平手にしたのは、最後の理性だ。

虚を突かれ、平手をまともに食らった夏目は、何が起こったのかわからない様子で呆然としている。それとも、俺が泣き出しそうな顔をしていたから、呆れたのかもしれない。

ともかく相手がぼうっとしている隙《すき》に、ロックを外して車の外へ飛び出した。

「どうせな。可愛くなくて悪かったよ。じゃあな」

「おい、連児？」

いつになく慌てた様子の夏目が、車から降りて追いかけようとするのを、「来たらブッ殺す」と凄んで押し留《とど》めた。

取り残されたあいつが、どんな顔をしていたかなんて知らない。俺はそれきり振り返らず、家へとひた走った。

その後すぐ、夏目の携帯から何度も電話があった。翌日も、学校の廊下で何か言いたげな夏目とすれ違ったが、俺はそれらをすべて無視した。

自殺行為だってことは、わかっている。怒って不貞腐れてみせたって、相手にその気がなければ駆け引きにはならない。

このまま無視し続ければ、夏目もやがて追いかけるのに飽きて、二人の関係は終わるだろう。わかっていたが、このままなんでもない顔をして、尻尾《しっぽ》を振り続けることはできなかった。

俺は夏目のなんなんだ。甘い言葉を吐いた次の瞬間に、平気でひどい言葉を吐く。夏目にとっては冗談なのかもしれない。だがその中に、本音が混じっているのではないだろうか。

ぐるぐると埒《らち》もない思考を巡らせながら一日が終わって、水曜日になった。月水金は水泳部の日だ。

少し迷ったが、部長が今度サボったら全員分をおごらせる、と言っていたのを思い出し、真面目に出ることにした。プールと水泳部の部室は、学校の敷地の一番端にある。水泳部と体育の授業、それから物好きな生徒が許可書を取って泳ぎに来ない限り、滅多に足を向けない場所だ。

授業が終わってすぐ、夏目と顔を合わせないようにそそくさと教室を出たのに、プールのある別棟へ続く廊下で、ばったりと当人に出くわした。

というより、渡り廊下で夏目が待ち伏せしていたのだ。

「ここに来れば、摑まると思った」

こちらに気づいて、彼はにやっと笑った。

「こんにちは、夏目先生。どうしたんですか」

よそよそしく、棒読みで言ってやる。

「まだ、怒ってるのか」

言いながら俺に触れようとするから、慌てて振り払った。いくら人通りが少ないと言ったって、ここは学校だ。誰かに見られたらどうするんだ。

「怒ってるんだな」

「当たり前だろ」

「悪かった。調子に乗って言いすぎた」

「つい、本音が出た？」

皮肉げに笑ってみせると、夏目は軽く眉をひそめ、口を開きかけた。しかしすぐにまた、何かを思い直したようにいったん口をつぐむ。

「まあともかく、その話は明日、な」

急に教師の顔に戻り、俺の背後にちらりと視線をやった。誰か、人が来たのだ。

「明日なら、部活がないだろ。部屋に行って待ってろ。少し話そう。また逃げるなよ」

「逃げてねえよ」

「じゃあ明日」

俺が何か言い返そうとした時、後ろで「夏目先生？」と、部長の声がした。

「こんなところで、何やってんすか」

もっともな問いかけをする部長に、夏目は、

「こいつの『宿題』のことで、ちょっとな」

「数学で宿題なんて出たっけ？」

部長のクラスも、数学は夏目なんだった。

「加藤だけ」

夏目は俺を見て意地悪そうに笑い、部長はそれに、うえっ、と変な声を上げたが、何も気づいていない様子だった。

「逃げるなよ」

「だから、逃げてない」

「じゃあ明日」

さっきと同じやり取りを繰り返した後、部活頑張れよ、などと教師らしいセリフを取ってつけたように吐いて、彼は去っていった。

「相変わらず、仲いいのな。お前と夏目センセ」

夏目の後ろ姿を見送るでもなく眺めていた部長が、ぽつっと漏らした。

「どこが！」

思わず眼を剝《む》く発言だ。今のやり取りの、どこをどうすりゃ仲良しに見えるんだ？　だが部長は、仲いいよ、とニヤニヤ笑った。

「お前も夏目も、喧嘩してるようで、楽しそうだし。獰猛《どうもう》な大型犬が二匹、じゃれ合ってる感じだな」

「お前の目、どうなってんだ」

両方とも二・〇よ、と笑う部長が、そこでふと真顔になった。

「大森先生、カツアゲにあったんだって？」

「祐介《ゆうすけ》から聞いたのか」

部長は真顔のまま首を振った。

「田辺とも、さっき話はしたが。出所はうちの顧問だ。林《はやし》先生、午前中に呼ばれてな。どこからか、河野《こうの》の耳に入ったらしい。教師がカツアゲにあったって。その場にお前が居合わせたとかなんとか」

河野というのは、何かと小うるさい主任教諭のことだ。誰が彼に話をしたのだろう。部長の表情から、昨日の一件が面倒な話になっているのがわかった。

「サガ高の奴と喧嘩したんだって？」

「してない。向こうが勝手に逃げてった」

「河野の話だと、お前と向こうの生徒が、えらくやり合ったことになってる。一緒に田辺もいたんだろ？　あと二年も。なのに、彼らの名前は一言も出なかった」

「祐介や二年より、俺の方がいろんな奴に顔を覚えられてるからな。誰かに見られてたか。まずい状況なのか」

「いや。どう聞いても、悪いのは向こうの連中で、お前たちは先生を助けただけだ。林先生もそこら辺はわかってる。ただ、いつもの通り、河野がうるさくてな。部活もとっくに終わってる時間に、何やってるんだとかなんとか」

河野の言いそうなことだ。うなずきながら、主任教諭の神経質そうな顔を思い出す。

ノンフレームの眼鏡《めがね》、暑苦しいくらいきっちりスーツを着込み、撫でつけられた髪は、いついかなる時も乱れることはない。主任というより、漫画に出てくるステレオタイプの教頭先生、あのイメージだ。中身もそのまんま。

病的なくらい細かくて、何かにつけて人に難癖をつけたがる。重箱の隅をつつくように粗を探す様は、嫁いびりをする姑《しゅうとめ》のようだ。生徒のみならず、教師に対しても同じ態度なのは、いっそ見事だと思うのだが。

新任教師の大森は、彼にとって格好のターゲットに違いない。

「大森なんか結構、ネチネチ言われたんじゃないかな。林も今日の朝イチで呼び出されて、小言を食らったんだとさ。加藤の名前が出てたから、俺らの耳に入れておいた方がいいって、教えてくれた」

「サンキュ。河野には気をつけるよ」

「大森にも用がない限り、当分は近づかない方がいい」

「わかってる」

俺と大森が一緒にいるところを河野に見られたら、また小言の材料になるだけだ。大森は入ったばかりだから、目立つのはまずい。

そう思って気をつけていたのに、ばったり会ってしまった。翌日、しかも河野とセットで。

昼休みの終わり、教室移動のために中庭を突っ切っていた時だった。渡り廊下の隅で、大森が河野に呼び止められていた。

「最近、夏目先生とずいぶん仲がいいみたいですね」

ねっとりした嫌味っぽい口調に、大森は困ったような顔で、ボソボソと何か言っている。すみませんとか、そんな感じだ。

「別に悪いと言ってるわけじゃない。同僚同士、仲がいいのは結構なことです。ただ、いくら元同級生だからといって、学生気分で名前まで呼び合うのはいかがなものかな」

いちいち嫌な言い方をする男だ。大森も何か言い返せばいいのに。聞いててイライラしてくる。

ただうつむくばかりの相手に、河野も苛立ったのか、神経質そうに眼鏡を押し上げて言った。

「それともなんですか？　お二人は何か友人以上の、特別な関係なんですかね？」

カチンときた。こいつ、頭おかしいんじゃないのか。当たらずとも遠くないのが恐ろしいが、それでも下衆《げす》の勘ぐりだ。確かに名前で呼び合ってはいるが、それだって周りに教師や生徒がいる時は、先生付けで呼んでいる。仲はいいが、人前でベタベタしたことなんてないはずだ。たぶん。

何か言い返せよ。なのに大森は、困ったように河野を見上げるだけだ。俺のイライラは頂点に達した。

「おい」

と、前に出かけた時。肩に力強い手がかかったかと思うと、ぐーっと後ろに引っ張られていた。驚いて振り返ると、夏目がいた。

「夏……」

形のいい唇に人差し指を当てて、黙ってろ、という仕草をする。俺を柱の陰に押しやると、代わりに自分が前に出た。

「河野先生？　大森先生も。こんなところで、どうしたんですか」

呼ばれた二人は、はっと驚いた様子で夏目を振り返った。

「最近、大森先生とはずいぶん仲がよろしいですね。河野先生」

今までのやり取りを見ていたのだろう、河野に負けず劣らずの嫌味だ。にこやかに言ったが、眼は笑っていなかった。

ゆっくりと、獲物に近づくような足取りで、夏目の巨軀《きょく》が近づくと、あれほど絶好調だった河野が、さっと顔色を変えた。

「な、何を言って……」

「いえ、河野先生は、大森先生にばかり構われているようなので。自分の初担任の生徒というのは、やはり他の同僚と違うものなんですかね。私もあなたの教え子なんですが」

声は明るいが、言ってることは河野に負けず劣らず陰険だ。青白い河野の頰が、微かに震えている。奇妙な緊迫感が辺りに漂った。

その時、授業開始のチャイムが鳴らなかったら、どうなっていたのか。

「ああ、そろそろ行かないといけませんね。大森先生も、次は三年の音楽でしょう」

夏目の言葉に、河野もほっとした様子を隠せなかったようだ。それでも最後に、

「で、では大森先生、気をつけて」

としつこく捨てゼリフを吐いたが、すたこら逃げ出すように去っていった。

後に残された大森が、ふうっとため息をつく。夏目は顔をしかめてそんな大森を睨んだ。

「お前も少しは言い訳しろ。だから誤解されるんだ」

もっともだ。俺も柱の陰でうなずいた。ところが当の本人は、

「もしかして、今のって助け船？」

どういう頭をしてるんだ？　鈍すぎる。夏目もウンザリした顔をした。

「不本意ながら」

「あ、ありがと」

途端にはにかむ大森。夏目は素っ気ない口調で「別に」と呟き、俺のいる方へ首をもたげた。

「あいつが、今にも飛び出しそうだったんでな」

驚いて顔を上げた大森と、ばっちり目が合って、出ていかないわけにいかなかった。

「加藤君？」

「お前が河野にイビられてるんで、助けようとしてたんだよ」

言わなくていいのに、いちいち説明する。大森も、あっ、という顔をした。

「あ、ありがとう。ごめんね。でも、大丈夫だから」

やけに焦った様子の大森は、とても大丈夫とは思えないが、生徒の俺が口を挟むことではないんだろうな、というのはわかった。さっきはカッとなってつい出ていこうとしたけど、先生が他の先生に注意されているところなんて、生徒に見られたくないだろう。

「別に。じゃあ、授業行くから」

二人でごゆっくり、と言おうとしたが、あまりにも卑屈だったので、ぐっと言葉を飲み込んだ。踵《きびす》を返して、当初の目的地に向かう。

「連児」

夏目が追いかけてきた。知らんぷりをしてやろうかとも思ったが、それもやはり大人気ない。

「何」

「宿題。昨日、約束しただろう」

「わかってるって」

「待ってろ。すぐ帰る」

黙ってうなずいた。夏目はそれに、ふっと表情を緩め、「じゃあ、後でな」と去っていった。去り際、すれ違いざまにそっと俺の頬を撫でて。

「……っ」

不意打ちを食らって、思わず赤面する。なんなんだ、あいつは。

本当にわからない。大森がいるくせに、俺に優しくして、繋《つな》ぎ止めるような真似をして。

いったい、何をしたいんだ？

考えても答えは見つからなくて、知るためにはやはり、夏目と会って話をするしかないのだった。

夕方、夏目のマンションに行き、テレビを見ながら待っていると、六時過ぎに夏目は帰ってきた。

教師が定時に上がれるなんてまずないというのは、この一年の付き合いでわかっていたから、たぶん、今日は本当に急いで帰ってきたのだろう。

「お帰り」

玄関まで出迎えると、唐突に引き寄せられ、抱きしめられた。

「ちょっと」

「もう焦《じ》らすな」

「焦らすって、あのな。誰のせいだと思って……」

言いかけたその唇を塞がれる。

「悪かった。この間は冗談が過ぎた。お前がこの世で一番可愛い」

だから抱かせろ、なんてどういう理屈だ。だが今夜の夏目はいつになく性急で、俺が抵抗してても構わずキスを繰り返してくる。口の中を愛撫《あいぶ》され、半分腰砕けになりながらももがいていたら、バランスを失って廊下のフローリングに尻餅《しりもち》をついてしまった。

「大丈夫か」

「乱暴にするなよ」

尻をさすっていると、後ろから抱きすくめられる。ベルトを外そうとする手に、慌てて抵抗した。

「おい、ここ玄関先！」

「待てない」

みっともなく四つん這《ば》いになって逃げようとすると、背後から腰に手が回され、ズボンを下着ごとずるっと剝かれた。

下半身にひんやりと冷たい外気の感触。

俺は泡を食って這いずり回ろうとしたが、膝《ひざ》に絡みついたズボンが足枷《あしかせ》になって、上手く逃げられない。

「打ったところ、痛くないか」

「いや、大丈夫……って、あんた」

さわさわと尻を撫でられる。怪我《けが》の確認……ではないだろう。

と、尾てい骨の辺りに熱い息がかかったかと思うと、熱くねっとりとした感触が、肛門の周りを這った。

「な、何やってんだ！」

あまりの性急さに動転した。だが逃げようとする俺の腰をがっちりと掴んで、夏目は愛撫を続ける。周りを潤すように舐めた後、窄《すぼ》んだ箇所をこじ開けるようにして舌が押し入ってきた。

「ば、馬鹿っ……まだシャワーも浴びてないんだぞ」

あまりの恥ずかしさに、顔から火が出そうだった。夏目はそれに、ククッと低い笑いを漏らす。

「こっち舐められるの、好きだろ？」

喋《しゃべ》ると息が尻にかかってゾクゾクした。

「よせ……あっ」

恥ずかしい部分に舌を入れられ、抜き差しを繰り返されると、下半身が甘く痺《しび》れ始める。

舌を動かしながら、夏目は熱を帯びた俺の一物を握った。

「恥ずかしい奴だな。ちょっと尻を弄《いじ》られただけでトロトロじゃないか」

わざと詰《なじ》るように言い、先走りに濡《ぬ》れた先端を、クチュクチュと音を立てて弄った。

「や、だ……」

後ろから溢《あふ》れ出た夏目の唾液《だえき》が、内股《うちまた》を伝ってズボンを濡らす。先端の柔らかな刺激と、後方への優しい挿入に、今にも弾《はじ》けそうだった。

「このまま、いいか」

低い声。いつもより掠れている。夏目も極まってるのだと思ったら、身体の奥がさらに熱くなった。

「ん……」

顔を見てしたくて、身体を捻《ひね》る。しかしその時、気づいてしまった。玄関の脇の姿見。夏目が俺の尻に顔を埋めているのが、はっきりと映っている。

「連児？」

俺が鏡を見ていることに、夏目も気づいたようだ。顔を上げると、口元を怪しく濡らしながら、鏡越しに色っぽく微笑みかけてきた。彼が摑んでいるのは丸みのない、肉が削《そ》げて筋張った臀部《でんぶ》。長くしなやかな指の間から、怒張した雄の証《あかし》がグロテスクに勃起《ぼっき》している。シャツの裾から覗くのは、厚い筋肉に覆われた肢体。

（気持ち悪いって）

大森の言葉がこだました。身体の熱が一気に冷めていく。

「おい……」

突然萎《しぼ》んでしまった俺に、夏目も驚いたようだった。

「ご、ごめん。俺……」

あまりにも正直な変化に、俺も困惑した。どうしよう、なんて言い訳すればいい？

一瞬、当惑していた夏目は、だがすぐに我に返ったようだ。身体を起こして優しく微笑むと、俺の顔を引き寄せて軽く額にキスをした。

「今日はやめとくか」

急に優しく扱われて、不覚にも涙が出そうになった。うつむいて首を振る。嫌なわけじゃない。抱かれたかったし、彼が望んでくれるなら、どんなことだってする。

でも、望まれていないのなら。よがり狂ってる様を見て、内心では呆れているのかもしれないと思うと、不安で行為に集中できなかった。

「すまん。急ぎすぎたな」

本当にすまながっている声に、俺は慌てて顔を上げた。目の前には端整な、だがいつもの自信に満ち溢れたそれとは違う、どこか悲しそうな顔がある。

「違う。したくないんじゃない。ただ、その……鏡が」

「鏡？」

聞き返されて、恥ずかしくなった。

「リビング。続き、リビングでしたい」

夏目は一瞬、何か言いたげな顔をしたが、すぐにわかった、と言ってくれた。

もつれ込むようにリビングに入って、黒い革張りのラウンジソファで、俺たちは改めて抱き合った。

夏目はいつもより優しくて、初めて抱かれた時みたいだった。自分の性欲を処理するよりも、俺をイカせるのが目的みたいに、執拗《しつよう》なくらい繰り返される愛撫。

自分の姿を見られたくなくて、電気を消してくれと頼んだ時も、いつもだったら面白がってわざと顔を覗き込むだろうに、黙って言うことを聞いてくれた。

行為が終わった時、不覚にも涙が出た。部屋は真っ暗だったが、夏目は気づいたのかもしれない。

いつもはシャワーを先に使わせるのに、素っ裸でうずくまっている俺を労《いた》わるように、スーツの上着をかけて、バスルームへ行ってしまった。


「もう眠いか？」

シャワーを浴びた後、軽く食事をしてからベッドにもぐりこんだ。

平日はあまり泊まらせてくれないのに、今日に限っては夏目の方から、泊まっていかないかと誘ってきたのだ。

もちろん、こちらに異存はなく、家にはメールで外泊する旨を伝えた。母親からは「了解」という素っ気ない返信。外泊が頻繁になると、「ほどほどに」という言葉がついてくるのだが、最近ではそういうことはほとんどない。

曲がりなりにも教師と教え子、夏目もその辺りは気にしていて、休前日でもあまり泊まりになることはなかった。遅くなると、必ず車で家の近くまで送ってくれる。

俺が夜道でどうにかなる可能性は低いのだけど、「そういう問題じゃない」と言われた。

その夏目は、リビングでのセックスの後、いつも以上に優しくて甘かった。

シャワーから出たら食事の支度ができていて、髪や身体を拭《ふ》いてくれるという甲斐甲斐《かいがい》しさ。俺の目元が赤いことには触れず、言葉も少なかったけれど、スキンシップだけは濃厚だった。

今だって、夏目が飲んでいたウイスキーに手を伸ばしたら、グラスは遠ざけたが、中身は口移しで飲ませてくれた。

熱くとろりとしたウイスキーの味にぼんやりしていると、少し笑いながら「眠いか」ななど尋ねてくる。

「まだ早いよ。……何？」

答えながら、相手のそれが話があるという意味だったことに気づく。そういえば、話をしようと呼ばれたのに、なし崩しになっていたんだった。

「秋彦のことなんだが」

一瞬、身体が強張ったのかもしれない。小さく笑っていた夏目の顔が真顔になり、大きな手が俺の背中をあやすように撫でた。

「嫌なら、今日はこの話はしない」

「……いいよ。して」

本当は不安だった。だが、不安を抱えたまま先延ばしにするより、今、聞いた方がいい。言うと、夏目は俺の髪に小さくキスをして、口を開く。

「しばらく、俺の車で送り迎えをすることになった」

「なった、って」

大森を送迎？　俺の家から大森の家までは、歩いても行かれる距離だが、このマンションとは学校のある駅を挟んで、まったく反対の方角にある。ついでに送る距離ではない。

「どうして？」

「最近、あいつの周囲が物騒なんでな。車の方が安全だろ」

確かに、空き巣に入られた翌週には、カツアゲにあっていた。物騒といえば物騒だが。

「わかった。それで？」

俺にどうしろって言うんだろう。

「週末に、お前と会う時間が減るかもしれない、って話だ。我慢してくれるか」

いつになく優しい声で夏目は言う。思わず、ほっとしていた。別れるとか、そういう話ではないのだ。

「うん。我慢する」

こっくりうなずくと、夏目はまたちょっと笑った。

「悪いな。秋彦の奴、どうもストーカーにつきまとわれているらしいんだ」

「ストーカー？」

鸚鵡《おうむ》返しに聞くと、夏目は「誰にも言うなよ」と念を押した。

「言わないよ。いつから？」

「はっきり気づいたのは、一か月前だそうだ。その前から無言電話が頻繁にあったっていうから、実際は二、三か月前からだろうな」

大森は誰からも好かれるが、そういう面倒な奴も引き寄せてしまうんだろう。

「ひょっとして、この間の空き巣も、ストーカーとか」

ふと思いついて言うと、夏目はうなずいた。

「最初は、ただの空き巣だと思ってたんだが。金目の物が盗られていない上に、洗濯前の衣服や下着が盗まれていた」

言いながら、眉をひそめる。俺もつられて渋い顔になった。わざわざ空き巣というリスクを冒してまで、洗濯前の下着を盗むってのは、どういう変態だろう。

「無言電話も、はじめはただの間違いか、いたずらだと思っていた。そのうち回数がどんどん増えて、届いた郵便物が開封されていたことがあったらしい。で、ようやくストーカーだと気づいたみたいだな。空き巣が入ったのは、その直後だ」

「それって、段々エスカレートしてないか？」

はじめは電話だったのに、自宅まで来て、しまいには部屋の中に侵入している。かなり深刻な状況ではないか。

そこでようやく、夏目が大森からの電話に、血相を変えて出た理由がわかった。大森からのＳＯＳが来ることを、予想していたのだ。電話に出ないというだけで、アパートまで様子を見に来たのも納得できる。

「警察にも話してある。人も雇って犯人を特定しようとしているようだし。ストーカーのほとんどは被害者と顔見知りだっていうから、そう長くはかからないだろう」

「秋ちゃん、いつもと変わらないから気づかなかった。大丈夫なのか？」

またいつ、部屋に入られるかわからないのだ。普通の人間なら、精神的にも参ってしまうんじゃないだろうか。

「まあ、あいつは見かけより図太いし。こういうのには慣れてるからな。今回もさほど、参ってはいないみたいだ」

俺の表情を見て取ったのか、夏目は素っ気なく言った。

「慣れてるって」

そんなの、慣れるもんじゃないだろう。

「ストーカーまがいの事件は、これが初めてじゃないんだ。昔から……高校時代からよく、変な奴らにつきまとわれては、俺に尻拭《しりぬぐ》いさせてた」

昔の話をされて、俺は内心でちょっとへこんだ。だが夏目は、そんなことに気づいていないように、グラスの底の酒を飲んでいる。

「何しろあの顔で、おまけに天然だからな。本人にそのつもりはないが、勘違いする連中がいるんだ。だが今回は特に物騒なんで、俺が駆り出された。……本当なら、こういうのは恋人の役目なんだが」

「秋ちゃん、恋人いるの？」

何気なく漏らされた事実に、俺は必要以上に驚いた声を出してしまった。まあ、あれで恋人がいないって方がおかしいんだろうが。

けどじゃあ、夏目はどうなるんだ？　思わず考え込んでしまったが、ふと顔を上げると、夏目がじっと俺の表情を覗き込んでいた。

「気になるか？」

目が合うと、揶揄《やゆ》するように言った。

「そりゃあ、まあ」

あんたと縒《よ》りを戻すと思ってたんだし。

「えっと……男の人？」

恐る恐る尋ねると、夏目は笑った。

「ああ。あいつも、女はまったく駄目だからな。相手は両刀だが」

「あんたも知ってるの？　秋ちゃんの相手」

「まあな。俺から見たら、どこがいいのかわからないが、秋彦はベタ惚れみたいだな」

彼らしからぬ、どこか卑屈っぽい笑い。

そんな夏目の顔を見たことがなかったから、少し驚いた。けど、それも仕方がないことだとすくに合点がいく。

　夏目はいい男だ。彼になびかない奴はちょっといないと思うが、よりにもよって本命が、自分より冴《さ》えない男にベタ惚れしているのだ。複雑な気持ちにもなるだろう。

「秋ちゃん、何気にラブラブなんだ」

「ああ。ちょっと他人の入る余地はないな」

　皮肉気に笑う。やっとわかった。夏目が、大森と縒りを戻さない理由。俺と別れない理由も。

　そりゃ、相手に恋人がいたら、縒りを戻したくても戻せないだろう。

「連児？」

　不意に呼ばれて顔を上げると、夏目はじっと俺を見つめていた。おかしな顔をしていただろうか。

「連児」

　言いかけて、物憂げな眼がすっと伏せられる。

「何？」

「いや。そういえばお前にも、彼女がいたんだったな」

「何万年前の話をしてるんだよ。俺が最後に女と付き合ったのって、去年の夏だぜ」

夏目のことが気になって気になって、女と会うどころではなくなった。そんな態度を察してか、彼女の方から別れを切り出してきたのだ。

「あんたにも、前に言っただろ」

付き合ってる彼女がいるんじゃないのか、と聞かれたから、別れたんだと答えた。

「そうだったな」

「なんだよ、急に」

「別に。ただ、男に抱かれるなんて、不愉快なんじゃないかと思ってな」

思いもよらない言葉だった。何を言ってるんだろう。嫌だったら一年近くもの間、黙って抱かれたりしない。そもそも勃《た》たない。

「不愉快なわけないだろ」

そういうあんたはどうなんだよ、と尋ねたくて、でもできなかった。気持ち悪いっていう、俺の身体を抱けるのはなぜなんだ。成り行き？　同情？

俺は夏目の何なんだろう。最近、幾度となく浮かんでくるこの問いが、再び巡ってくる。大切にされているとは思う。思うが、彼の律儀で、意外と面倒見のいい性格を考えると、それがイコール恋愛感情だとは素直に考えられないのだ。

「連児、怒ったのか」

困惑しているような、夏目の声。困っているのはこっちだ。

「怒ってない」

ぶっきらぼうに言って、寝返りを打つのが精一杯だった。今すぐ、問いただしたい。けど、聞くのが怖い。

俺のこと、どう思ってる？　そう聞いて、さらに困った顔をされたら、どうすればいいだろう。

「もう寝る」

宣言すると、サイドテーブルにグラスを置く音がして、スタンドの明かりが消えた。ベッドのスプリングが軋《きし》み、背後に彼の体温を感じる。

「連児」

そっと伸びてきた手が、俺の頭を撫でる。

いつもの所作。ずっと心地よく感じていたのに、今は素直に身を預けることができない。いや、彼と付き合い始めてからずっと、どこかに甘えきれない部分があった。

「連児。俺はもし、お前が」

「おやすみ」

言いかけた言葉を遮った。その先にあるものがなんなのか、怖くて聞けなかった。頭に置かれた手を払いのけると、後ろで小さなため息が聞こえた。

「おやすみ」

低い声が言い、俺は黙って、目を閉じた。

それから、夏目は土日を除いて毎日、大森の送迎をすることになったようだ。予告通り、週末の逢瀬《おうせ》もあったりなかったりで、メールや電話の回数も減った。

仕方がないと思う一方で、もしかしたらと考える自分がいる。もしかして、俺の知らないところで二人の仲は進展しているんじゃないだろうか。

そうやって悶々《もんもん》としている間にも、連絡は徐々に少なくなっていき、六月が終わって七月になった。

七月は期末テストで、教師も生徒も忙しくなる。

しかしそれが終われば、夏休みだ。夏目は出勤があるが、それでも平日に比べれば会えるチャンスはずっと多かった。

夏休みの予定はどうなっているか。七月になったら、そんな連絡をしようと決めていた。別に決意するほどでもないのだが、大森を送迎するようになってから、なんとなくこちらから連絡してはいけないような気がしていた。用もないのに電話をかけて、迷惑がられたらどうしようとか、そんなことを今さら考えたりして。口実があれば、連絡がしやすい。チキンハートだよなあ、と照れながらもいそいそと携帯の登録を呼び出した。それはたぶん、半月ぶりの電話だったのだが。

『夏休み？　まだわからない。ちょっと今、取り込み中なんだ。また連絡する』

ぷつっと一方的に切られ、啞然《あぜん》とした。

「なんだよ、それ」

素っ気ないとか、そんなレベルじゃない。迷惑なのが丸わかりの、不機嫌な口調。いくら取り込み中だったにしても、半月ぶりの電話に対して、もう少し言いようってのがあるんじゃないだろうか。

怒りがふつふつとこみ上げてくる。それから俺のネガティブな想像が、現実になりそうな嫌な予感。テスト前だっていうのに、その日は一晩中、勉強もせずに悶々とする羽目になった。

とどめの一撃を食らったのは、その翌週、期末テストの前日だ。

「大森先生、夏目先生と一緒に住んでるんだって？」

話題を振ってきたのは、水泳部の部長だった。テスト前で部活のない放課後、下駄箱の前で会って一緒に帰る道すがら、さらっと出てきた話題に、俺は驚きを隠せずその場に立ち止まった。

「何それ」

「あれ？　お前なら知ってるかと思ったんだけど。二年の坂上《さかがみ》が、夏目先生んちの近くに住んでるんだよ。日曜日にたまたま、二人がマンションから出てくるのを見かけたんだってさ。教師なのに、高そうなマンションに住んでるらしいぜ」

元外資系は違うねえ、と部長は呑気《のんき》に言うが、こっちはそれどころじゃない。

「その日はたまたま、遊びに来て泊まったんじゃねえの？」

信じたくなかった。俺はまだ、何も聞いていない。けれど、部長は容赦なく俺の仮定を覆した。

「坂上が大森先生に聞いたんだってよ。大森先生が住んでた部屋、上の階から水漏れがあったらしくってさ。大変だよな。引っ越し先が見つかるまでってことで、一時的に居候してるらしい」

これがもっと何か別の理由なら、それこそ空き巣に入られて部屋が荒らされていて……というのなら、俺は納得して安心したかもしれない。

だが水漏れうんぬんという話は、明らかな嘘《うそ》だった。以前、大森を家まで送ったからわかる。

彼の部屋は二階建てのアパートの二階にある。上の階からの水漏れなんて、ありえない。どうしてわざわざ、そんな嘘をつくのか。二人の仲が特別なもので、事実上の同棲《どうせい》だからではないだろうか。

「仲いいよな。食事とか家事とかどうしてるんですか、って聞いたら、二人で一緒にやってるって。なんか新婚ぽくね？」

何も知らない部長が、能天気な口調で追い打ちをかけてくれる。大森と夏目が二人、仲良くキッチンに立っている姿を想像して、頭を抱えたくなった。

俺は夏目と二人で料理なんて、したことがない。二人きりの時間が決定的に少ないから、いつも会ってヤるだけ。教師と生徒だから仕方がないと言えばそれまでだけど、これが本命との差なのかと暗く思う。

ストーカーの件は解決したのだろうか。大森の恋人は？　もっとも、今回のことで大森が頼ったのは夏目なのだから、大森としても気がないわけではないんだろう。

それで、ストーカーから守り守られているうちに、めでたく元の鞘《さや》に収まったというわけだ。

先週、あんなふうに電話を切ったのは、大森が部屋にいたから。もしくは、いいところを邪魔したからとか。

それならそれではっきりしてくれ、と言いたい。テスト前で、余計なダメージを生徒に与えたくない、という配慮なのだろうか。

しかし、あんなふうに拒絶されるより、きっぱりフラれる方がいい。落ち込むだろうけど、今の状態は生殺しだ。

それなら、こちらから終わらせよう。そう考えて、期末テストが終わったら、夏目と話をしようと決めた。夏休みの間は、夏目と顔を合わせなくてすむ。長い休みの間に、失恋の傷も少しは癒《い》えるだろうから。

その後も、相変わらず夏目からの連絡はなかったが、彼のことを必死で頭から締め出し、テスト期間を過ごした。

そうして迎えた、期末テストの最終日。テストが終わり、学校を出るとすぐ、夏目の携帯へ電話をかけた。

また拒絶されるかもしれないが、どっちにしてもこれで最後だ。

『――どうした？』

電話の向こうで、甘く低い、夏目の声が聞こえた。

久しぶりに聞く声だった。その向こうからは、他の教師の声がする。たぶん、職員室にいるのだろう。

『ああ、そういえば、連絡するって言って、そのままなんだったな。悪かった』

大森と念願叶って元の鞘に収まって、俺のことなんて、忘れてたんだろ。

恨み節が喉まで出かかったのを、慌てて抑える。もう別れるっていうのに、俺はまだ、この男の前で格好つけたがっている。

「これからまだ、仕事？」

「そうだな。答案の整理をしなきゃならない」

「遅くなりそう？　できれば今日、会いたいんだけど」

今が一番忙しいのはわかっていた。でもこれ以上、うだうだ悩むのは嫌だったし、最後くらいはきちんと会って話したかったのだ。

「今日？」

案の定、電話の向こうからは、少し困った声が聞こえた。電話の向こうのざわめきが途切れて、夏目がどこか、人気のない場所に移動したのがわかった。

『すまないが、今日はちょっと無理だ』

「別に、あんたの部屋じゃなくてもいいんだけど」

部屋には大森がいるだろうから。最後に食い下がってみたけど、帰ってきたのは素っ気ない返事だった。

『悪いが、今日は会えない』

「そっか」

何気なく言おうとした声が、震えてしまった。

自然消滅を狙《ねら》っているのかな、と、連絡が減った辺りから少し思っていた。夏目がそんな小ずるい手を使う男だなんて、思いたくなかったのだけど。

『すまん。本当に立て込んでるんだ。落ち着いたらすぐに、今度はちゃんと連絡する』

「いや、いいよ。ちょっと、最後くらいは顔を合わせてって、思っただけだから」

今度は、なんでもない口調で言うことができた。電話の向こうから『どういう意味だ？』と訝しげな声が聞こえる。

「あんたにしたら面倒臭いだろうけど。でも俺、はっきりしないの嫌なんだ。今、秋ちゃんと暮らしてるんだろ？　おめでと。縒りが戻ってよかったな。でもそれならそうと、俺とちゃんと別れてからにしてほしかった」

沈黙。電話の向こうの夏目は、何も言わない。往生際の悪い俺は、ここまで来ても心のどこかで、否定の言葉を期待していた。しかしこれでもう、本当に終わりだ。

「大丈夫。これから夏休みだし、ちゃんと忘れる。心配しなくても、あんたにつきまとったりしないからさ。今までありがとう。あんたが俺のことなんとも思ってないのはわかってたけど、俺はマジで惚れてたから。抱いてくれて、優しくしてくれて、すげえ嬉しかった」

携帯の向こうで、夏目が何か言いかけるのが聞こえたが、無視してまくしたてた。もう何も、どんな言い訳も聞きたくない。

「部屋の鍵は、郵送するから」

言い切って電話を切ると、そのまま電源をオフにした。もしも夏目から電話があったら、未練たらしく出てしまうし、なかったらなかったで、また落ち込むから。

様々な感情が一気に押し寄せてきて、頭の中がいっぱいになった。学校を出て、どうやって歩いたのか記憶にない。

「お前、なんて顔してんの」

駅のホームで突然、肩を摑まれた。振り返ると、田辺が心配そうな顔で立っている。

ぼんやりしていた俺は、ようやく我に返った。

「俺が何度も声かけてるのに、気づかずに素通りしてくからビビッたわ。飛び込むかと思った」

「まさか」

「気分でも悪いのか？」

そうじゃないけど、と答えてから、ようやく田辺が私服であることに気づいた。

「これから出かけるのか」

「テスト終わったし、部長たちと遊びに行くんだよ。俺、家が近いから戻って着替えたんだ。お前も誘ったのに、電話に出ねえからさ」

「悪い。電源切ってた」

「そ？　ここで会えてよかったな。けど、調子悪いならやめとくか？」

少し考えたが、「行く」と答えた。家でグダグダしているより、いいかもしれない。

「まだ集合まで時間あるから、家帰って着替えてくれば」

「そうだな。制服でウロウロしてっと、河野にまた何か言われそうだし」

俺が言うと、田辺はふと思い出したように、

「そういえばさっき、秋ちゃんと河野を見たぜ。一緒に帰ってた」

「え？」

「驚くだろ。ついさっきだよ。ここのホームで、一本前の電車に乗ってった。お前んちと同じ方向ってことは、秋ちゃんちに行ったのかな」

どういうことだろう。第一、大森は夏目と暮らしているんじゃないのか。しかもどうし

て、河野と一緒に。

「河野って確か、県外に住んでなかったか」

離婚して、県外にある実家で母親と暮らしていると聞いたことがある。それなら、この電車に乗るはずがない。

「そうだよな。そもそも、どうしてあの二人が一緒にいるんだろうな。もしかして、一緒ってわけじゃなかったのかな」

田辺は記憶を手繰るように視線を彷徨《さまよ》わせ、眉間《みけん》に皺《しわ》を寄せた。

「どういうことだ？」

「いやさ、考えたら、二人の立ち位置が微妙だったなって。俺が見たのは電車に乗り込むところだったんだけど、一緒に帰ってるにしては、やけに離れてたし」

大森はぼんやりと（これはいつもだが）前を見たまま先に電車に乗り、河野はそれより少し遅れて乗っていった。電車の中でも、大森が先に座り、河野は空きがなかったらしく、立ったままだったようだ。

「普通は上司に席を譲るだろ？　天然かよ、って一人で突っ込んだんだけど、もしかしたら秋ちゃん、河野に気づいてなかったのかなあ」

神経質そうな、河野の顔が浮かんだ。一緒に帰っていてそれなら、大森に嫌味の一つも言いそうだ。いや、以前に絡んでいた時のことを考えると、一つどころかネチネチと小言を言っていたはずだ。

「ストーカー……」

ごく自然に、その言葉が浮かんだ。

「なんだって？」

夏目から聞いた話が、記憶の中からよみがえってくる。

ストーカーは被害者と顔見知りが多い。河野は夏目と大森の仲を勘繰っていた。そのケがなければ、男同士の仲を本気で疑うことなんてないんじゃないだろうか。

それにもう一つ、気にかかることがあった。

「秋ちゃんがカツアゲにあった翌日。顧問が河野に小言を食らったって言ってたよな」

「ああ、朝っぱらから摑まったたって」

「誰がそんなに早く、河野にカツアゲのことを話したんだ？」

前日の夜にあった出来事を、河野が朝一番に知り得たのは、なぜなのだろう。それが頭の隅にずっと引っかかっていた。

サガ高とやりあった時、あの場には田辺たちもいたのに、その名前は出ていなかった。

現場を見ていた奴が河野に伝えたのなら、少なくとも俺以外の生徒がいたことを、知っていたはずだ。

もしも現場を見ていなかったのなら。それなら、どうやって知った？

また聞きしたのだろう。誰かの口から、その情景を。

『通りがかった加藤君が、助けてくれて』

あの日、大森を送って帰った時、アパートの前で大森は、夏目にそんなふうに言い訳をしていた。田辺や他の部員の名前は出ていなかった。

閑静な住宅街。俺が大森に向かって「綺麗だ」と言った言葉が、数十メートル先の夏目に聞こえていた。

もし、もしもだが、その場に河野がいたのだとしたら？

少し離れた、どこか物陰にいたとしても、あの時の会話は聞こえていただろう。

「連児、なんかあんのか」

「夏目に連絡しないと」

焦る気持ちのまま制服の尻ポケットから携帯を取り出し、夏目の携帯に電話する。だが、何度かけても話し中だった。

「おい、大丈夫かよ」

田辺に言おうか迷ったが、夏目に口止めをされていたのを思い出した。犯人が河野だとしたら、さらに微妙な問題になる。

「悪い。俺、やっぱ遊びに行くのやめる」

その時、ホームに電車が入ってきた。俺は困惑気味の田辺を置いて、それに飛び乗った。

「後でちゃんと話す。秋ちゃんの様子、見てくる！」

一本前の電車なら、追いつけるかもしれない。

家の近くの駅で電車を降りると、俺の家とは反対の方角、大森のアパートへと走った。

全力で走って、古い二階建てのアパートに辿《たど》り着く。二階に駆け上がると、以前の大森の部屋にはまだ『大森』という表札が残っていた。完全に引き払ったわけではなかったようだ。

勢い込んで、インターホンを鳴らそうと指を差し出した時、ドアの向こうでガタンと音がした。

人の気配と、ボソボソと低く話し合う声。玄関先で河野に襲われている大森を思い浮かべ、ゾッとした。

「秋ちゃん！」

ドアの向こうに向かって叫ぶと、途端に中の物音がぴたりと止《や》んだ。
二、三回ドアを叩いてから、ふと思い立ってノブを回す。鍵はかかっておらず、難なく開いた。

「秋ちゃん、大丈夫……」

ドアを開け、中に飛び込んだ先にあった光景に、愕然とした。想像通り、そこには大森と、河野の姿があったのだが。

「か、加藤？」

河野が素《す》っ頓狂《とんきょう》な声を上げた。

二人はもつれ込むように、玄関先に倒れ込んでいた。河野の下に大森がいて、彼のズボンが下ろされ、下半身が剥き出しになっていた。大森のペニスは、河野の手に握られている。何をしようとしているのか、一目瞭然《いちもくりょうぜん》だった。

「え、加藤君？」

俺を見た大森は、ぱっと顔を赤らめ、自分の股間《こかん》を手で覆った。

「なんだ君は。ど、どうしてここにいる」

動揺を隠すためか、どもりながらも咎《とが》めるように言ったのは、河野だ。だがその声を聞いた途端、かっと頭に血が上った。俺はずかずかと部屋の中に入ると、大森のナニを握ったまま取り乱している河野の胸倉を、ぐっと摑んで引き寄せた。

「それはこっちのセリフだよ。こんなところでこの人に、何やってんだ」

「わ、私は……とにかく、離しなさい」

あまり背が高くない男の身体を、足が浮き立つくらい引き上げると、奴の喉からひぐっと奇妙な音が漏れた。

「この間から、大森先生にストーカーしてたってのは、あんたか」

河野の顔がさっと強張る。何か言いかけて、言葉にならないようだった。パクパクと陸《おか》に上がった魚のように口を開け閉めしている。

「加藤君、落ち着いて」

ようやくズボンを穿《は》き終えた大森が、慌てふためいて声を上げたが、気にかけている余裕はなかった。これは半分、八つ当たりなんだ。

「どうして君が、そのことを」

「やっぱ、てめえなんだな」

つまんねえことしやがって。こいつがストーカーなんてしなければ、夏目と大森は縒りを戻さなかったかもしれないのに。

「違う、私は何も」

「してないだと？　大森のナニ握って？」

「落ち着いてくれ。君の勘違いなんだ」

「ふざけんな」

俺は唸《うな》り、拳を振り上げた。しかし、

「待って！」

あろうことか、被害者であるはずの大森が、振り上げた俺の腕にしがみついてきたではないか。もちろん、大森の細腕で、勢いをつけた俺の腕が止まるはずがない。

大森を殴りそうになり、慌てて身体を捻ったのと、血相を変えた河野が、俺の拳に向かってくるようにして体当たりしてきたのとは、ほぼ同時だった。

重心のバランスを崩した俺は後ろに仰《の》け反って、その上から芋づる式に二人が倒れ込んできた。

背後にあったドアノブに後頭部が直撃し、強い衝撃を受ける。続いて折り重なって倒れた二人分の体重が、鳩尾に刺さった。

「うっぐ……」

苦痛に呻《うめ》く俺の身体の上で、河野が最初に身体を起こす。逃がすか、と手を伸ばしかけたのだが、

「アキ、大丈夫か！」

え？

「トモさんこそ、平気？　殴られてない？」

やっぱり俺の腹の上で、大森が心配そうに河野を振り仰いだ。

一番下にいる俺のことは、およそ眼中にない。そういえば河野の名前は「友則《とものり》」だったな、とぼんやり思い出した。

「ちょっと」

どういうことだ。身体を起こそうとした途端、頭に痛みが走り、大きく呻いた。そこでようやく、二人は俺の存在を思い出してくれたらしい。

「加藤君」

「加藤」

なんで仲良くハモるんだ。

「頭か！」

「奥から、冷やすもの持ってくる」

「いや、救急車を呼んだ方がいいかもしれん」

河野って、ストーカーじゃなかったっけ。大森と普通に会話をしている。いや、普通どころか「アキ」「トモさん」などと呼び合ったりして。

「おい、大丈夫か。加藤、しっかりしなさい」

抱き起されて、揺さぶられた。余計に眩暈《めまい》がする。

「加藤！」

だから、揺するな。目の前がふっと暗くなった。

「――連児」

誰かにそう呼ばれたような気がしたが、定かではない。やばいな、と思った時にはもう、意識は闇《やみ》の中だった。


「彼の家族に、電話で連絡しました」

聞き慣れた低い声が、遠くでぼんやり聞こえた。それにボソボソと答える、複数の声。

「ご両親にも学校にも、半分は本当のことを話しましたよ。あんたをストーカーだと誤解して、助けに入って揉《も》み合ったって。他に説明のしようがないでしょうが」

トーンを抑えていたが、声はひどく怒っている様子だった。

「大体、あんたらが鍵もかけずに玄関先なんかでおっぱじめたりしなければ、こんなことにはならかったんですがね」

困惑しきった声が、すまない、とかごめんね、とかしきりと謝っていた。

「でも、テスト期間中は二人きりになれなかったから。つい」

「俺はその一か月も前から、こいつに会ってない。誰かさんのお陰でな」

「やっぱり、彼と付き合ってたんだね。言ってくれれば遠慮したのに。ほら、彼が僕を見る目が微妙だったから、変だと思ってたんだ。あれ、僕に気があるんじゃなくて、嫉妬《しっと》してたんだろうなあ」

「夏目先生、それはまずい。いくらなんでも彼は十八歳未満ですよ。私だって、卒業するまでは手を出さなかったのに」

「手は繋いだことあったけどね」

「いや、あれは君が……」

「ふざけるな」

低く、猛獣が唸るように言う。静かな声だが、十分怖い。二人はしんと押し黙った。

「もうこれ以上、あんたらに振り回されるのはごめんだ。金輪際、プライベートでは関《かか》わらないからな。学校でも、仕事以外の用件で話しかけるな」

「そんな」

「何がそんなだ。友達が困っていると思うからこそ、手を貸したっていうのに。その礼がこれか。俺はな、恋人にお前との仲を誤解されて、今日は別れ話まで切り出されたんだぞ」

抑えた声が、段々と大きくなってくる。「夏目先生」と、一人がたしなめた。

「とにかくこいつが起きたら、何もかも洗いざらい……」

「……夏、目？」

うっすらまぶたを開けると、蛍光灯の光が目に刺さった。

眩《まぶ》しさに目をすがめながら周りを見る。クリーム色の殺風景な壁と天井。リネンの匂《にお》いに、自分がベッドにいるのだと気づく。

部屋の隅には三人の男が立っていて、一瞬、保健室にいるのかと思った。しかしこの部屋は、学校の保健室ではない。

「連児」

はっと気づいた夏目が、こちらに駆け寄ってきた。

「目が覚めたか。俺がわかるか」

うなずくと、相手はほっと息をついた。

「俺、どうしたの」

「秋彦の家まで行ったのは、覚えてるか」

「うん。それで、河野……先生と秋ちゃんが」

夏目の後ろを見ると、当の二人が気まずそうに顔を赤らめ、視線を彷徨わせた。俺もその時のことを思い出し、赤くなる。そういえば、えらいものを見てしまった。

「俺、河野先生がストーカーなんだと思ってて」

その河野と大森は、「アキ」「トモさん」などと呼び合っており、今もここで、仲良く揃《そろ》って立っている。……と、いうことは。

「俺、てっきり」

「いや、我々がその、誤解を受けるようなことをしていたものだから。本当にすまなかった」

いつも嫌味っぽい河野が、顔を真っ赤にしてゴニョゴニョと言った。その隣で、やっぱり顔を赤くして「ごめんなさい」と謝る大森。

「えっと、秋ちゃんの恋人って」

「主任教諭の河野先生だ。二人に、誰にも言うなと口止めされていたから、お前にも言えなかった」

夏目は嫌味ったらしく、「主任教諭」というところを強調して言った。河野が気まずそうに視線を伏せたが、俺はまだ驚いていた。

「すみません、俺……」

犯人扱いして、殴るところだった。おまけに二人でこれから、というところに上がりこんだりして。不法侵入は俺の方だったのだ。

「お前が謝ることはない」

怒ったように夏目が言い、その時、ナースコールを聞きつけた医者と看護師が部屋に入ってきた。

問診があったが、大丈夫でしょうとすぐに言われた。

「検査の結果も異常はありませんでしたし。今日はもう、帰ってもいいですよ」

念のため、明日もう一度、検査に来るように言われたが、医者の対応はあっさりしたものだった。

それから俺の母親に電話をかけ、河野と大森が代わる代わる、電話口でペコペコしながら謝っていた。

『ストーカーと間違えて、先生殴ろうとしたんだって？　馬鹿ねえ』

検査に異常がなかったと言うと、お袋は笑ってそう言った。

それでも、迎えに行こうか、と言うのを断る。管理職の母親はいつでも忙しいのだ。

「夏目先生が、車で送ってくれるって」

隣で聞いていた夏目が、電話を代われというジェスチャーをした。携帯を渡すと、人が変わったような実直そうな声音と口調で、俺の母親に何やら言い訳を始めた。

「ええ、食事をして、ご家族のお帰りの時間まで、うちでお預かりします。帰りはお宅までお送りしますので。……とんでもない。場所が場所ですから。こちらも心配ですし、この病院からは、うちの方が近いので」

真面目くさった様子で夏目は言い、電話を切ると、てきぱきと退院の手続きをしてくれた。会計を済ませた後、

「お二人はここで結構です。明日の検査も私が付き添いますので。それと、お二人は電車で帰れますよね？　主任、心配なら彼の家に泊まって差し上げたらいかがですか。明日は自宅勤務なんだから、一泊くらい、差し支えないでしょう」

丁寧かつ冷ややかな口調で決めつけ、大森も河野もうなずくしかなかった。

俺はといえば、処方された湿布薬を薬局で受け取ると、夏目の車に押し込められた。

「そういえば、なんであんたがここにいるんだ」

シートベルトをかけながら、ふと疑問になって尋ねた。夏目はじろっと俺を睨む。

「田辺から、連絡があったんだ」

「祐介から？」

俺の様子がおかしいのを、田辺は心配していたらしい。

夏目に連絡を、とか、ストーカー、などと俺が呟いていたのを聞いて、学校に電話をし、夏目を呼び出したのだそうだ。

ことの顚末《てんまつ》を聞いた夏目は、おおよそ事態を把握したらしい。車を飛ばして俺を追いかけたのだという。で、駆けつけた時には、大森の家の玄関先で俺が倒れていた。

俺が電話をかけた時は、ちょうど夏目もこちらに電話をかけていて、どちらも話し中になっていた。俺が最初に別れ話をして電源を切っていた時から、何度も根気よく電話をかけ続けてくれていたらしい。

電源が入ったと思ったらしばらく話し中で、その後はコール音はするものの、電話に出ない。俺が電車を降り、大森のアパートまで全力疾走していた時だ。そうこうしているうちに、田辺から職員室に電話があった。

「田辺の話で大方の事情はわかったが、玄関先で倒れているのを見た時は、心臓が止まるかと思った」

「ごめん。そういえば、本物のストーカーはどうなったんだ？」

夏目は憮然《ぶぜん》とした顔で俺を見ると、何か言いかけたが、ため息をついてフロントガラスに視線を戻した。

「捕まった。秋彦のアパートで暴れてな」

「マジかよ。よく無事だったな」

そんなことがあったなんて、全然知らなかった。大森も夏目も普段通りだったのに。

「ちょうど俺が車で送っていた時でな。どうにか取り押さえて、警察に通報した。だが、二日ほど拘留されて、すぐ出てきたんだ。今、被害届を出しているが、その間に向こうがどんな行動に出るかわからない。緊急措置で、俺の家に避難してる」

犯人は大森が前に働いていた、音楽教室の同僚だったという。同じ年の男性で、交際はおろか、告白されたことさえなかったが、犯人の脳内では付き合っていることになっていたらしい。

大森のアパートは当時から変わっていないそうだから、職場の書類か何かを調べたのだろう、ということだった。

「それ、いつの話」

「ちょうど先週、お前から電話があった時。ストーカーを捕まえた直後で、警察にいた。期末の準備と重なって忙しくて、ピリピリしてて。その後も連絡を取れなくてすまなかったな」

道理でつっけんどんだったはずだ。まさに取り込み中で、そんな時に俺は、夏休みの予定を聞いたわけだ。事情を知らなかったとはいえ、自分のタイミングの悪さに恥ずかしくなった。

「こっちこそ、大変な時にごめん」

「誤解、とけたか」

切れ長の目が、じっとこちらを見つめる。俺も彼を見た。しばらく見つめ合う。俺は彼に、別れ話をしたところだったのだ。

「別れるって話、俺は納得してない」

何も答えない俺に焦れたのか、やや乱暴にアクセルを踏みながら、早口に言う。

「秋彦と縒りを戻したことはない。あいつには明日から、河野先生の家に避難してもらう。親と同居してるとか、そんなのはもう、こっちの知ったことじゃない。もともと、うちに転がり込んだのだって、恋人に迷惑をかけたくないからなんていう、ふざけた理由なんだからな」

「前に学校で、河野先生が秋ちゃんに嫌味言ってたけど。あれ、もしかして痴話喧嘩だった？」

あの時は、大森が河野に絡まれてるんだとばかり思っていたが。夏目が苦い顔でうなずく。

「河野先生がストーカー被害に巻き込まれないように、ってことで俺を頼ったら、誤解された。向こうも、高校時代に俺たちが付き合ってたのは知ってるから、余計にやきもきしてたんだろう。お前のことも、秋彦がよく話題にするから疑ってたみたいだぞ。まあ、それを言うなら俺も同じだが」

「同じって？」

「俺もお前が、秋彦に気があるんじゃないかと、疑ってた」

さらりと言い切るその言葉に、驚いた。

「そんな、俺は」

「俺が好きなんだよな。さっき、どさくさに紛れて告白されたが。けど、お前はノンケだったし、そこらの女より綺麗な男が身近にいたら、そっちに目が行くんじゃないかと心配するのは、当然だろ？」

「うん……」

どこかで聞いた話だな、とぼんやり思う。車は見慣れた通りを走り始めていた。このまま行けば、夏目のマンションだ。運転席に視線をやると、

「夕飯、出前でいいか。外じゃこんな話できない」

そりゃそうだな、とうなずいた。俺も、ちゃんと顔を見て話すつもりだったのだ。

久しぶりに入った夏目の部屋は、住人が二人に増えたせいか、以前より少し散らかって

いた。リビングとは間続きになっているダイニングのカウンターに、使い終わったマグカップが二つ並んでいて、どきりとする。

ここで夏目と大森が二人、暮らしていたのだと思うと、二人の仲がなんでもないとわかっていても、落ち着かない。

俺の視線に気づいたのか、夏目はカップを流しに下げた。

「あいつがここに泊まってると言ったら、やっぱりいい気はしないだろ。昔、恋人だった男と同じ部屋で寝泊まりしてるっていうのは、俺も正直、お前に申し訳ないと思う。後で話すつもりで黙ってたんだが、それが裏目に出たな」

「……」

「何か言ってくれ。誓って、あいつとは何もないぞ」

「うん、わかってる」

大森には、河野がいる。けど、夏目の気持ちは？

「納得してないって顔だな。そんなに俺と別れたいのか。好きな女でもできたか」

俺は慌てて首を横に振った。そんなわけない。

「別れたくない」

それが本音だった。けど、この片想いみたいな状態のまま付き合い続けるのも、もうできない気がする。

「ならどうして。何が気になる」

詰問する口調ではない。俺をソファに座らせ、自分もその隣に腰を下ろし、俺が口を開くまで辛抱強く待ってくれる。こういうところ、すごく好きだ。

「秋ちゃんが、河野と恋人なのはわかった。でも、あんたの気持ちがわからない。あんたは、それでいいの」

「いい、とは？」

「だから、本命を他の男に取られたままで、リベンジしようって気持ちはないわけ？　俺は、今のままは嫌だよ。ちょっと前は、あんたに相手にしてもらえるならそれでもいいかなって、思ってたけど」

隣で覗き込むようにして俺を見つめていた夏目の目つきが、どんどん険しくなっていく。それがものすごく物騒だったので、不安に駆られたが、言葉が止まらなかった。この際、何もかもぶちまけたい。

「もしも秋ちゃんと河野が別れたら、縒りを戻すのかな、とか、この先もビクビクしながらあんたと付き合うの、嫌なんだ。それならいっそ」

「ちょっと待て」

咳《せ》き込むように、早口に俺の言葉を遮った。

「疑われてるんじゃないかとは思ってたが。もしかして、秋彦がうちに来てからずっと、そんなことを考えてたのか？」

「そんなことって」

俺には重要なことだよ、と睨み上げると、夏目は大きく首を振った。

「そうじゃない。本命がどうのって話だ」

「だから、あんたはまだ、秋ちゃんに未練があるんじゃないかって話。俺は……何番目だかわからないけど。俺はあんたが好きだし、あんたは優しいから」

大きなため息が聞こえた。しかも長いため息だった。何か、とんでもなく呆れられたのだと悟る。たとえフラれても嫌われたくないな、と考えていると、夏目はこちらの不安な気配を感じ取ったのか、そっと俺の膝の上に手を置いた。

「秋彦に未練なんかない。俺の本命ってのはお前だろうが。俺はこれでも、真剣に付き合ってたつもりだけどな。忙しくてあまり会えないのは、申し訳ないと思ってる。だが、同情だとか、遊び半分だと誤解されるような扱いをした覚えはないぞ。それとも、俺が気がつかないうちに何か、ひどいことを言ったりしたりしたか」

少し考えて、首を横に振った。セックスの時に焦らされることはあったが、俺が本当に嫌がることはしなかった。いつも大事にされていた、という自覚はある。

「じゃあどうして、そんなふうに思ったんだ」

「秋ちゃん、美人だし。それに、あの人が初めての相手だろ」

「それはまあ、そういう言い方をすれば、な。初めて付き合った男は、確かにあいつだ」

「一年の夏、俺があんたの寝込みを襲った時。あんたは寝言で『アキヒコ』って言ってたんだ。夢に見るくらい、その人が好きなんだなって、ずっと気になってた」

「そういえば、何度か聞かれたな。お前にキスされたのは覚えてるが、その時に夢を見てたかどうかは覚えてない。第一、十年以上前の相手だぞ？」

呆れたように言うから、思わずむっとした。

「だから、それだけ忘れられない相手ってことだろ。そんな人と十数年ぶりに再会したんだ。また火が点《つ》くんじゃないかって、心配するのは当然じゃないか」

「十数年ぶり？」

「卒業して、別れたんだろ。秋ちゃんは海外留学に行って」

「確かにそうだが、秋彦のは、一年だけの短期留学だぞ」

「え？」

「うちの大学に持ち上がりで入った後、一年休学して向こうに行って、また帰ってきた。

俺はその時にはもう、別の相手がいたし、あいつはあいつで、好きに遊んでたみたいだな。大学時代は普通に友達だったし。卒業してからも、年に一回くらいは会って飲んでたぞ。他の同級生も一緒に。その間、一度だってあいつとどうにかなったことはない」

そう言われてみれば、十数年ぶりだなんて一言も言っていなかった。四月に、感動の再会を果たしたと思っていたのだが。

ぽかんと口を開けると、夏目はつまらなそうに鼻を鳴らした。

「お前は何か、秋彦と俺の関係に確固たるイメージを持ってるみたいだが。確かに、一度付き合っていた時期はあるが、あいつとはもう、元カレとか元鞘だとかいう間柄じゃないんだよ。そもそも高校時代だって、俺たちは恋愛感情があって一緒にいたわけじゃない」

「じゃあなんで」

三年間も付き合ったのだ。

「言ってしまえば、利害の一致、もっと身も蓋《ふた》もない言い方をすれば、他に相手がいなかったからだな。俺は自分がゲイだってことに悩んでた頃だったし、秋彦は別の男を好きになって、悶々としてた。何しろ相手はノンケで、妻帯者だったから。おまけに担任だったし。まあ、諦《あきら》めずに口説き続けたお陰で、今じゃ目も当てられないバカップルになってるけどな」

つまり、河野ってことだ。あの四角四面で、世間一般の常識から一ミリだって外れることを厭《いと》うような男の頭を切り替えさせたのだから、やっぱり大森の魔力はすごいと言うべきなのだろうが。

「相手を探そうにも、高校生の俺たちには安全な出会いなんてそうそうなかった。秋彦と同類だってわかって、興味本位で付き合い始めたんだ。だから恋人っていうより、身体の関係のある友人ってところか。当時は秋彦以外に、ゲイの知り合いなんていなかったから。そういう意味では、いい友達だったよ。だから三年も付き合いが続いたんだろう」

「秋ちゃんに、恋愛感情はなかったたって？」

「まったく少しもなかったとは言わないが、お前が考えてるような、十年越しの未練なんてのは、ないな」

きっぱり言い切って、「納得したか」と、俺の頬に触れてくる夏目の手は、いつもより少し、ためらいがちだった。俺が自分からその手に寄ると、ほっとしたような顔をする。

「別れ話をされた時、俺がどんな気持ちだったかわかるか？　お前が誤解してるんじゃないかとは思ったが、いきなり切られるとは思わなかった」

「ごめん」

男っぽい美貌が微笑んで、そのままキスをされた。力強く抱きしめられ、俺の背中を撫でる。柔らかさなど少しもありはしない、俺の身体を。

「本当に俺でいいの。俺は秋ちゃんみたいに綺麗じゃない。男々してて、身体もデカいし腹筋だって割れてるし」

どうしてこんな身体を抱けるのか、いまだによくわからない。この際、不安は全部吐いておこうと思って口にすると、夏目は「あのなあ」と、呆れたような声を出した。

「俺はゲイなんだが」

「わかってるよ」

「わかってない。ゲイってのはつまり、男が好きなんだ。女みたいな男が好きなんじゃない。まあ、好みは人それぞれだが。秋彦は確かに綺麗だが、俺はもともとああいう、女性っぽくて華奢なのはタイプじゃないんだよ。どちらかと言えば男っぽい男が好みだし、身体のバランスは大事だが、腹が割れてて筋肉質の男ってのは、かなりくる」

「俺はギリギリセーフってこと？」

「ストライクゾーンど真ん中。見てくれだけじゃない。中身に惚れたから手を出したんだ。チャラそうに見えて真面目で人のいいところとか、甘えたそうにしてるくせに、物わかりのいいふりして、拗《す》ねてるところとか」

「もういいよ」

そんなふうに思っていたのか。つらつらと並べられて、恥ずかしくなる。

「未成年で男で、おまけに自分の生徒なんて、教師の俺が遊びや同情でちょっかいかけるわけない。惚れてなきゃ付き合うかよ」

「……惚れてる？」

「前科がつく覚悟で関係を続けるくらいには、な」

じわりとまぶたの奥が熱くなって、慌てて目を瞬《しばた》いた。初めて好きだと言われた。考えてみれば俺だって、今日まで言ったことはなかったんだけど。

夏目が黙って顔を近づけてきたから、応えるように顎を反らせた。唇が触れる。久しぶりのキスにうっとり目を閉じると、舌が滑り込んできた。キスを繰り返すうち、身体がどうしようもなく熱くなってくる。安心と快感でとろりと気だるくなり、思わず相手の胸に顔をうずめた。

「そんな可愛いことするなよ。怪我人だから、これでも抑えてるんだぞ」

少し掠れて、上ずったような声が耳朶《じだ》をくすぐる。

「我慢しないでくれよ。怪我なんて、コブだけなんだから」

ずっと、おあずけを食らっていたのだ。キスをされている間、制服のズボンがはっきりとわかるくらい盛り上がっていて、恥ずかしかった。

「お前は？　いいのか。このまま男に抱かれても」

「今さらだろ」

好きで、抱かれて嬉しかったのだと、電話越しに伝えたのに。

「俺と付き合う前は女だけだっただろう。抱かれるより、抱く方がいいんじゃないか。一度、交替してみるか」

「あんた、ネコもできるの？」

考えもしなかった。驚いて言うと、夏目は真顔できっぱり言い放った。

「できない。死んでもごめんだ」

けど、と続ける。

「もしもお前が抱きたいって言うなら、それでもいいと思ったんだ。それでお前を繋ぎとめておけるなら。俺に抱かれている時、お前の中に何かわだかまりがあるのはわかっていたからな。今、死ぬ気で覚悟を決めてる最中なんだが」

俺が夏目に抱かれるのを不安に思っていた時、彼は彼で、そんなことを考えていたらしい。ほっとしたのと同時に、死ぬ気で考えていたというのがおかしくて、思わず笑ってしまった。

「笑うなよ。こっちは必死だってのに」

「ごめん。でも俺たち、同じようなことを考えてたんだな、って思って」

お互いに、よく似た不安を抱えてすれ違っていた。けど裏を返せば、俺たちがそれだけ好き合ってたってことじゃないか。

「な、しようぜ」

相手の首に、自分の腕をからめた。夏目がぐっと息を飲む。

「いいのか。俺が抱いても」

「抱かれたい。あんたは俺のこと、ノンケノンケって言うけどさ。俺だって、こんなに人を好きになったのは初めてだし。好きだって自覚してから、あんたに抱かれることしか考えたことなかったよ」

言い終わるか終らないかのうちに、突然ソファに押し倒された。

「連児」

怖いくらい真剣な声で呼ばれ、いつも器用に俺を翻弄《ほんろう》する手が、乱暴に制服を剝《は》がしていく。こんなに余裕のない夏目は初めてだったから、少し驚いた。

夏目は最後の下着一枚だけ、ことさらゆっくり脱がせた。とっくに勃起していたそこは、先走りで濡れている。剝ぎ取られたボクサーパンツがトロリと先走りの糸を引いていて、俺はいたたまれずに顔をそむけた。

「あんま、見んなよ」

「どうして？　可愛いじゃないか」

「可愛くな……あっ」

夏目の顔が俺の足の間に埋まったかと思うと、次の瞬間、ねっとりと生温かいものが後ろの窄まりに差し入れられていた。

「それやだ……すぐ、出ちまう」

「出せよ」

「一人じゃやだ。俺もする。させて」

上目遣いに懇願すると、夏目はぐっと息を飲んだ。

無言のまま俺を立たせ、入れ替わるようにソファに横たわって、自分の身体の上に俺を引っ張り上げる。相手の意図がわかって、俺も黙って夏目の顔をまたいだ。

本当は、めちゃくちゃ恥ずかしい。だがそんなこと言ってる余裕がないくらい、切羽詰まっていた。

スラックスの中からいきり立った夏目のものを取り出し、口に含む。下から低く呻く声がして、赤黒く怒張したものがぐんと育ち、先端から蜜が溢れた。

夏目のはでかくて、すぐに顎が痛くなったが、構わず陰茎をしゃぶった。夏目もまた、俺の腰を抱え込んで、俺のものを咥《くわ》え込む。同時に後ろを解きほぐすように弄られて、あっという間に果ててしまった。

「ふ、あ……っ」

口腔で受け止められ、たまらず口を離した俺の顔に、熱い迸《ほとばし》りがかかる。

「悪い」

そうするつもりはなかったのか、夏目がバツが悪そうに謝るのが、なんだか可愛い。

小さくかぶりを振ると、放ったばかりの彼のものを再び口に入れた。先端に残った残滓《ざんし》を、舌を使って吸い上げる。呻き声とともに、それはたちまち芯《しん》を取り戻した。

「なあ、これ。入れてくれよ」

「どうしたんだ、お前」

怪訝《けげん》そうな声に一瞬、我に返った。

「引いた？」

「逆だ。ああ、くそっ」

「なに……あっ、あっ」

体勢が入れ替えられ、声を上げたのも束《つか》の間、夏目は俺の足を大きく開かせ、強引に押し入ってきた。

「や、あ……」

微かな痛みと、そこから生まれるうねるような快感。久しぶりに受け入れる夏目のそれは、太く固く、意識が飛んでしまいそうだった。

「連児、ちょっと緩めろ。食いちぎられそうだ」

「無理……っ」

「連児」

あやすように囁かれ、首筋の弱いところを舌が這う。ビクビクと身体が震えた。弛緩《しかん》したのを機に、一息に貫かれる。

「ふ……くっ」

「中、すごいぞ。今日はやけに感じやすいな」

「なんか、変」

繋がった部分がひくついているのがわかる。いきなり押し込まれて、痛いはずなのに気持ちがいい。こんな感覚は初めてだった。

「うねって絡みついてくる。突くたびに締まるぞ」

「そんなこと……言うな……んっ、んんっ」

固い楔が肉を割って、ある一点を押し上げる。ビリビリと脳髄が震えるような快感に、

目の前が白くなった。

「ひ、あっ」

「お前のここ、マジでヤバいな」

「何？　あ、や、そこだめ……イキそう」

「俺も、あんまり持ちそうにない。なあ、中で出していいか」

切羽詰まった声。夏目のそれは大きく膨らんでいて、トロトロと漏れる熱い先走りが、すでに身体の奥を濡らしているのがわかった。その熱はまるで媚薬《びやく》のように、俺の身体をさらにたかぶらせる。もう、何も考えられなかった。

「いい……いいからっ」

「くそっ、よすぎる」

打ちつける腰の動きがいっそう激しくなり、男の身体がぶるりと震えた。陰茎が小刻みに痙攣し、どっと精を吐き出す。熱いものが身体の奥へと流れ込む感覚に、俺も生理的な涙をこぼしながら達していた。

震える俺の身体を抱き込むように、どさっと夏目が覆いかぶさってくる。静かなリビングに、二つの荒い呼吸が響いた。俺たちはしばらく、言葉もなく抱き合っていた。

「なんか、すごかった」

少しずつ呼吸が戻ってくると、なんだか照れ臭くなった。夏目も苦笑する。

「俺はまだ足りない」

「うん。俺も」

身体の奥がまだ、じんじんと疼《うず》いている。今まで何度も抱かれたし、夏目とのセックスはいつだって気持ちがよかったけれど、これは桁《けた》外れの快感だった。

今まで心のどこかで、快楽に流されるのをためらっていたのかもしれない。思うまま感じてもいいのだとわかったら、歯止めが利かなくなった。

「このまま、ベッドに行ってもいいか？」

「ん」

「鏡の前でも？」

寝室のクローゼットには、鏡が取り付けられている。俺が以前、玄関前の姿見を見て萎《な》えたことを、夏目も気にしていたのだ。

「うん、もう平気」

俺は夏目のようにいい男じゃないし、大森のように綺麗でもないけど。それでもこの身体で、夏目が感じてくれるとわかったから。

「よかった。お前を煽《あお》るためだけに付けたのに、無駄になるところだった」

心底ほっとしたように言うから、驚いた。

「あれって、俺とヤる時のために付けたの」

「他に誰とするんだ」

むすっと返される。そりゃそうだけど。セックスの余興のためだけに、あのバカでかい鏡を取り付けたのか。

嬉しいような、呆れたような。すると夏目は、不貞腐れたようにぶつぶつと言った。

「お前に飽きられないように、こっちだって必死なんだよ」

いつも余裕をかましていると思っていたのに。受身を死ぬ気で買って出ようとしたことといい、今までもずっと、俺のことを考えていてくれたのかと思うと、すごく嬉しかった。

「あんたって、結構、俺のこと好き？」

破顔して言うと、夏目は不貞腐れた顔のまま、

「結構どころじゃない」

そんな彼を、可愛いなと思ってしまう。胸の奥がくすぐったく疼いて、思わず笑ってしまうような、幸せな感覚。

「和久」

なんだ、と気を取り直してクールに眉を引き上げる男に、笑ってキスをした。

「今のあんた、すげえ可愛い」

「馬鹿言うな。可愛くなんかない」

言った頬が薄ら赤みを帯びていて、俺は甘くくすぐったい気分になるのだった。

嫌いじゃない

浮気というのは、どこからカウントされるんだろう。

夜だというのに、真夏の外気はちっとも涼しくならない。粘りつくような湿った暑さに、ムカムカした気分はいっそう悪くなる。

「どうも、こんばんは」

俺は必要以上ににこやかに、そしてよそよそしく、目の前の男に声をかけた。凄味《すごみ》のある男っぽい美貌《びぼう》。見慣れたはずのその顔がいつもと違って見えるのは、私服姿だからだろう。スーツではない恋人を外で見るのは、実を言うとこれが初めてだった。

「偶然だね、夏目《なつめ》センセ」

こういう場所で身分を明かすような呼び方をするのは、ルール違反なのかもしれないが、今はどうでもいい。最初にルールを破ったのは向こうなんだから。

「連児《れんじ》？」

俺の名前を呼んで、男は切れ長の目を少しだけ見開いた。だがさほど驚いた様子もない。来るのはわかっていたという顔だ。俺が以前、ここに行きたいと話していたからだろうか。

「ここには来るなと言ったはずだ」

高校教師という立場を思い出したのか、険しい顔で言ってみせるが、この状況では説得力なんてなかった。

彼の隣に、線の細い小柄な男がいた。そいつはすぐ目の前の店でも夏目にベタベタしていて、店を出た時も腕にべっとりしがみついていた。夏目は迷惑そうにしていたけど、腕は振り払っていない。

夜のゲイタウン。男が二人、腕を組んでどこに行く気なんだか。

「ああ。あんたの言うこと聞いて、こんなとこ来なきゃよかったよ」

そうすれば恋人の浮気現場になんか、遭遇しなかったのに。俺の呟《つぶや》きと視線に、彼はようやく、自分の状況に気づいたようだった。

「連……いや、これは」

「じゃあな。ごゆっくり」

何か言いかけた男を制して、言い放つ。文句はないだろ、と。

背後を振り返ると、そこには俺の友人が二人、ことの成り行きを見守っていた。

「悪いな、祐介《ゆうすけ》、部長。俺、このまま帰るわ」

二人は仕方がない、というように肩をすくめる。

「連児。おい、待て……」

「だめだよ和久《かずひさ》。ホテル連れてってくれるんでしょ」

慌てたような男の声に、媚《こび》を含んだ甘ったたるい声がかぶさる。

「あーあ」

と、俺の心の中を代弁するように、隣の友人が嘆いた。


「二丁目に行きたいんだけど。付き合わない？　部長も誘ってさ」

などと、唐突な誘いを友人の田辺《たなべ》祐介から受けたのは、七月の終わり。俺たち高校生は夏休みに入ったばかりだった。

俺は塩素臭いプールの水の中をたゆたいながら、「どこそれ」と聞き返す。

夏真っ盛り、けど俺がいるのは色気のない学校のプールだ。男子水泳部に所属する俺こと加藤《かとう》連児は、いちおう部活動の最中だった。夏休みに入ってすぐに一週間ほど行われる、毎年恒例の通い練習である。

いちおう、と言ったのは、内容が練習とは名ばかりの水遊びに過ぎないから。

我が弱小水泳部は大会に出ることもないので、サボッても問題はないのだけど、十人ばかりの部員が毎日全員出席しているのは、たぶんみんな暇なのと、どこに行っても混雑している今の時節に、学校のプールだけは貸切りで泳げるからだろう。

うちの学校に女子水泳部はなく、部員以外の生徒も好き好んで学校まで泳ぎに来たりはしないので、必然的に夏休みのプールは男子水泳部の貸切りとなるのだ。

とはいえ、誰《だれ》も真面目《まじめ》に泳ぎ込んだりしない。部長だけは無駄にバシャバシャやってるが、今は疲れたみたいで、誰かが持ち込んだワニさん浮き輪の上に寝そべって、プカプカ浮いていた。

「新宿《しんじゅく》だよ、新宿二丁目。ゲイバーに行ってみたいわけ」

田辺が力強く言うその脇《わき》を、一年の部員たちが泳ぎぬけていく。プールから上がったと思ったら、濡《ぬ》れた水着にTシャツを羽織っただけの姿で、「ちょっとそこのコンビニまでパシッてきまーす」と気軽に出ていった。まあ、店に入る頃には乾くだろう。

「なんでいきなりゲイバーなんだ？」

「前から行ってみたかったんだよね。夏休みだし、ちょっとくらいは変わった遊びしたいじゃん」

「まあ、変わってるっちゃあ、変わってるけど」

水泳部で、同じ三年の俺と田辺と部長は、よくつるんで遊ぶが、いつも大したことはしていない。せいぜい誰かの家かファミレスでだらだらするくらいだ。

俺も若者の通過儀礼として一通りの遊びはやってみたけど、クラブに通うほど音楽が好きなわけでもないし、ゲームセンターに入り浸るほどゲームに熱中するタイプでもない。そういう遊びが好きなクラスの友達と遊ぶより、自然とこの三人で固まることが多いのは、部長も田辺も俺と同じく外で遊ぶのが面倒なタイプだからだろう。

けれども今は夏、高校最後の夏休みで、田辺も人並みに「一夏の体験」をしてみたいのだという。それがゲイバーだというのはよくわからないが。

「別に行ってもいいけど。店とか知ってんの」

新宿で遊ぶことはあっても、二丁目に足を踏み入れたことはない。テレビなどで見てぼんやりとしたイメージはあるが、どんなところかもよくわからなかった。

「ネットで調べてみる。便利な世の中だよねえ。けどネットだけじゃ雰囲気はわかんないからさ。お前、夏目先生からそれとなく情報仕入れといてよ」

「……」

その瞬間、俺は苦いような、困惑したような奇妙な顔をしてしまった。ここで夏目の名前が出てくるなんて思わなかったのだ。

うちの学校には、夏目和久という教師がいる。

高校教師とは思えない、男っぽい美貌の持ち主で、生徒の多くは恐れ畏《かしこ》みながらも夏目を慕っている。教師からも一目置かれている、二十九歳の数学科教師。

俺がその夏目の恋人だということは、誰にも話していない事実だった。

つい一週間ばかり前、一学期の終わりに起こった騒動で、若干の関係者には知られてしまったけれど、田辺には言っていないし、匂《にお》わせたこともないつもりだ。

ゲイだからって差別するような奴だとは思わないけど、友達にカミングアウトするのにはやっぱり勇気がいる。

しかし今の彼の口ぶりでは明らかに、夏目がゲイであることも、俺と関係があることも気づいているようだった。

「お前、知ってたの」

いつどこで。どうして知られたのだろう。けれどじっとうかがい見る俺に、田辺は白い歯を剥《む》き出しにして笑った。

「知らないよ」

「え？」

「知らない。お前の口からはまだ、聞かされてないしね」

その意味を飲み込むのに一瞬だけ考えてしまった。

「……なんだその、男前なセリフ」

臭いんだよ、とか言いつつ、ちょっとジンとする。田辺は「俺に惚《ほ》れるなよ」とキメ顔を作った。

「惚れねえよ。なんでわかったんだ」

「なんとなく。なんか、ある時からお前、変わったっていうかさ。妙に色っぽくなったっていうか、大人の階段のぼったっていうか。で、夏目のこと喋《しゃべ》る時のお前、同じ雰囲気になるんだよな。あれっ？　て思ったのがきっかけかな」

「……」

思わず頭を抱えた。そんなにダダ漏れだったのか。

「いやいや、普通は気づかないと思うよ。俺らはずっと、一緒にいたから。ちなみに、俺は何も言ってないけど。たぶん部長も」

田辺の指差した先に、二年生にワニさん浮き輪を奪われている部長の姿があった。

「マジ？」

「あいつには、野生の嗅覚《きゅうかく》があるからな」

ああ、と俺も納得する。二人とも態度が全然変わらないから、わからなかった。再びちょっと感動していると、田辺に「そういうわけでヨロシク」と肩を叩《たた》かれた。

「夏目センセから情報収集」

「いや、言ったら止められるだろ」

教え子の男子高校生に手を出している以外は、わりと真面目な教師だ。盛り場に、それもゲイバーに行きたいから教えてくれなんて言ったら、止められるに決まってる。

「そこはそれとなく。ま、そもそも、夏目がそっち方面に詳しいかどうかもわからないから、聞けたら聞いておいて、って感じ。俺はネットで店を調べておく」

ごく気軽な口調で言われた。だから俺も、なんとなく気楽に聞いてしまったのだ。すぐに後悔したが。

「二丁目？　そんなこと聞いて、どうするんだ？」

名ばかりの部活の後、遊びに行った夏目のマンションで、そういえばと思い出して話題に出したのだが、案の定、夏目の顔は一気に険しくなった。

「いや、どうって……どうするわけでもないけど」

ゴニョゴニョ誤魔化《ごまか》してみたけど、夏目には通じないらしい。ジロッと恐ろしい目で睨《にら》まれた。

「行く気か？」

「……だめだよな。やっぱ」

「俺の立場で、いいって言えると思うか」

「ですよね。いや、うん。わかってるよ」

「遊びなら、他にも娯楽はあるだろ」

「わかったってば」

　頭ごなしに禁止されて、俺はむくれた。見かけによらず夏目は真面目な教師だ。生徒の俺に手を出すのだって、相当な覚悟の上だったのだと、つい先日聞かされたばかりだった。真摯《しんし》な彼の態度を疑う気持ちはない。

　けれど、昔の彼はたぶん、今とは違っていたのだと思う。ベッドの上でもそれ以外でも、夏目はいつだって手馴《てな》れていて余裕で、遊び慣れているのだということは、行動の端々から見てとれる。そもそも、夏目くらいのいい男が放っておかれるはずないし。

　対して俺は、女とは付き合ったことがあるけど、男は夏目が初めてだ。彼のように人並み外れた美貌があるわけでもなく、むしろ悪人面で、身長も夏目と同じくらいデカくて、筋肉質で、腹だって割れてる。

　そういうのがいいんだと夏目は言ってくれたが、やっぱり俺にはこんな身体《からだ》を抱きたいと思う感覚がわからない。俺程度でいいのなら、夏目の好みに適《かな》う男は他にもたくさんいるはずだ。

過去に何人、何十人といたかもしれない夏目の男たちの中で、俺はどれくらいの位置にいるのか……あるいは、俺の身体は前の男よりもいいのか悪いのか……などとあらぬことをいろいろと考えてしまう。

それに、生徒なんていう面倒臭い立場ではない、同年代の男の方が、楽に付き合えるだろう。俺は人目を忍んで会うことも苦にはならないけれど、夏目はこういう関係に、疲れたりはしないだろうか？

不安の要素は至るところにあった。

「連児？　何を拗《す》ねてるんだ」

こちらの気も知らず横柄に言う恋人に、俺は背を向けてベッドの端で丸まった。

「拗ねてない。ただ、夏休みだから友達と遊びに行きたかったってだけ」

「遊びに行けばいいだろう。けど二丁目はやめとけ」

俺は答えなかった。絶対に行ってやるとは言えないし、といって夏目に嘘《うそ》をつきたくない。黙り込んでいると、「まったく」と呆《あき》れたような声が間近で聞こえた。背中が温かくなり、丸まったシーツごと抱きしめられる。

「お前は時々、頑固だな」

「あんたは時々、口うるさい」

言い返すと、夏目はクスクス笑って俺の口を自分のそれで塞《ふさ》いだ。繰り返されるキスが濃密になっていく。

「愛してる」

耳に注ぎ込まれる言葉を、この時は微塵《みじん》も疑わなかった。

結局、夏目に内緒で二丁目に遊びに行くことになった。

夏目からは何も聞けなかったが、田辺は特に当てにしていなかったようだ。

「店は独自ルートで調べておいたよ。初心者にオススメ、観光向きのバー」

当日、待ち合わせに現れた田辺は、そう言って観光ガイドよろしく、先頭を切って二丁目へと歩き出した。

田辺が「独自ルート」で調べたというその店は、いわゆるメインストリートの仲通《なかどお》りから一本道を入った、わりと大きな店だった。店構えは落ち着いていて、普通のショットバーという感じだ。俺たちの前にも、いかにも観光っぽい女性二人が中に入っていった。

「なんか普通だな」

「ミックスバーだって。男も女も入れるらしい。情報くれた人が、お店の人と知り合いで、名前を出したらいろいろ教えてくれるって」

「誰、その人って」

「んーと、大森《おおもり》先生」

「秋《あき》ちゃん？」

俺はびっくりした。部長が隣で、「あ、大森もそっちなのか？　なんか納得」と呑気《のんき》な声で言う。

大森秋彦《あきひこ》というのは、うちの学校の音楽教師だ。夏目とは反対に、女性的で優しげな美貌の持ち主で、こちらは男女を問わずに人気がある。夏目の高校時代の同級生で、しかも元恋人。

彼もゲイで、こういう店を知っていても不思議はないのだが、浮世離れしたところのある大森と、毒々しいネオンの夜の街がどうにも結びつかなかった。

「ネットでもいろいろ出てたんだけど、こないだ、学校で秋ちゃんに会ってさ。ちょっと聞いてみたら、この店を教えてくれたんだよ。秋ちゃんもたまに行くんだって」

「いいのか、そういうことバラして」

いろいろな意味で問題発言だが。しかし田辺は、

「いいんじゃない？　俺らがいろいろ知ってること、知ってるみたいだし」

さらりと言うなり、店の中に入っていく。俺と部長も後に続く。

カウンターの端にいた長身の男の姿に俺たちが気づいたのは、店に入ってすぐのことだった。

「ちょっと、あれ。夏目じゃね？　なんでいるの」

釈然としない声を上げたのは田辺だったから、彼の口から漏れたわけではないのだろう。

夏目は一人ではなかった。ベンチ型のカウンター席の隣に、小柄な若い男がくっつくようにして座っていて、何やら話し込んでいた。夏目の顔は見えなかったが、夏目を見つめる男はとても嬉《うれ》しそうだった。

やがて、夏目が何か言い、男がはしゃいだように「やった」と声を上げる。それから二人は席を立って店を出る素振りを見せた。

男は夏目に縋《すが》りつくようにして、腕を絡めている。

「ヤバイ。こっち来る」

田辺の声がして、俺はようやく我に返った。幸い、店が大きいのと客が多いので、向こうはこちらに気づいていないようだ。俺たちは慌てて店を出た。

「あー加藤。今のはたぶん、なんかの間違いだから」

部長がフォローを入れたけど、俺の頭はぐるぐる混乱し、とても冷静ではいられなかった。

「ちょっと、このままここにいたら遭遇するんだけど」

という田辺の言葉に、だったらいてやるよ、とばかりにその場に留《とど》まる。見て見ぬふりなんてできない。

夏目と男はすぐに店から現れた。後は冒頭の通り。

俺たち三人は二丁目を出ると、普通の居酒屋で一晩中飲み明かした。翌日はひどい二日酔いで、未成年のくせに、とさすがに親からこっぴどく叱《しか》られたけど。

目が覚めて携帯電話を見たら、夏目からの電話やメールがたくさん入っていた。けど俺は、無視を決め込む。当分、応《こた》えるつもりはなかった。

月が変わって八月になった。

通い練習は終わったので、学校に行く必要もない。俺は悶々《もんもん》としながらも、相変わらず夏目からの連絡を無視していた。

こういうの、ちょっと前にもあったなと思いながら、それでも夏目が許せない。俺に二丁目に行くなと言っておいて、そのすぐ後に自分は別の男とそこで飲んでいるというのは、

どういうことだろう。あれが浮気でなかったにせよ、どうにも承服しがたい状況だった。

田辺から電話があったのは、そんな鬱々《うつうつ》とした日々の真っ只中《ただなか》だ。

『あれからどうした？　夏目とは仲直りしたわけ』

「全然」

やっぱりね、と言われた。部長も心配してたよ、と聞いて二人に申し訳ない気持ちになる。結局、二丁目デビューは果たせず、自棄《やけ》酒に付き合わせた田辺も部長も、翌日はグロッキーだったのだ。悪いことをしたなと思う。

けれど、それを口にすると田辺は、

『いや、そもそもの原因は俺が誘ったからだし。こっちこそ悪かったな。それより、ヒマならうちに遊びに来ないか？　部長も来るんだ。うち今、親がいないし、泊まってってもいいしさ』

ちょうどその日は、バイトもなくて暇だった。田辺も大体のスケジュールを知っていたから、今日、声をかけてきたんだろう。気を使わせてんな、と思ったのと、家にいても腐るだけなので、俺は誘いに乗ることにした。

親には田辺の家に泊まるかも、と言って家を出る。待ち合わせは駅前のロータリー。いつもの集合場所だったから、俺はなんの疑いもなくそこに行った。ロータリーには田辺と部長が立っていたのだが。

その脇に停められた車を見て、思わず目を見張った。

見覚えのある黒いセダン。俺が近づいてくるのを見計らったように、車内から夏目が姿を現す。

「どういうことだ、これ」

田辺たちを睨むと、「ごめん」と二人が同時に手を合わせた。

「夏目先生に頼まれちゃってさ。こっちにも責任があるしね」

無言のまま回れ右した俺を、伸びてきた腕が摑《つか》んで引き止めた。痛いくらい強く握られて、思わず顔をしかめる。

「あいつらが言った通り、俺が呼び出してくれって頼んだんだ。とにかく車に乗れ」

命令口調にカチンときた。

「嫌だ」

夏目を睨み上げれば、向こうも本気で睨んでくる。一触即発という空気だった。大柄な男が二人、周囲は何事かと思っただろう。実際、通りすがりのオバサンたちが眉《まゆ》をひそめて喧嘩《けんか》かしら、などと言っているのが聞こえる。夏目も気づいたのだろう。小さく舌打ちし、俺の耳元でボソボソと囁《ささや》いた。

「乗らないなら、ここで、こいつらの前でキスするぞ。それからお前が二学期になっても学校に顔を出せなくなるくらい、恥ずかしいことをしてやる」

「教師のセリフか。大体あんた、そんなことできるのかよ」

「やる。このままお前に切られるくらいなら、どんなことでもやってやる」

真顔でそんなことを言う夏目は、何か鬼気迫るものがあった。その大人気なく恥ずかしいセリフに、俺は思わず毒気を抜かれる。

「わかった。とりあえず、手ぇ離せよ」

夏目は一瞬だけ探るように俺を見たが、すぐに掴んでいた手を離した。ジンジンと痛みだけが残る。

「お前たち、巻き込んで悪かった。こないだの件は学校に黙っててやるから、ドローにしてくれ」

俺を車の中に押し込んで、偉そうに言い放つ夏目に、けど田辺と部長は気分を害したふうもなく「はいはい」と鷹揚《おうよう》にうなずいた。それから恨めしげに睨んでる俺に向かって、「頑張れよー」と呑気に手を振る。

二人に見送られて、車は発進した。

車はしばらく国道を走り、やがて高速に乗った。夏目の家に行くのだと思っていた俺は、いつもと違うルートに訝《いぶか》しむ。

「どこ行くの」

「二人きりで話せる場所だ」

車は神奈川に入り、横須賀《よこすか》方面へと向かっていた。無言で車を走らせる夏目に、俺も初めのうちはむっつり黙り込んでいたものの、予想以上に長いドライブに段々と不安になってくる。

夏目は、トイレは、とか飲み物は、とマメに聞いてくるものの、それ以外は何も話してくれなかった。無表情な上に日よけのサングラスをかけているせいで、横顔からは何も読み取れない。

やがて逗子《ずし》インターを降り、目の前に海が広がる頃には、俺は怒りも忘れてただただ、不安に怯《おび》えていた。

細いくねくねした道を通って、そこが葉山《はやま》だと知ったのは、後になってからだ。車はひたすら細い道を上り、やがて一軒の民家に辿《たど》り着く。

小さいが瀟洒《しょうしゃ》な、洋館風の建物。着いたぞ、と言われても、俺にはなんだかさっぱりわからなかった。夏目は後ろの座席にあった小さな旅行鞄《かばん》を取り、ついてこいとばかりに顎《あご》をしゃくってさっさと中に入っていく。わけがわからないまま、俺は後についていくしかなかった。

緑深い前庭を持つ小さな洋館の中には、俺たち以外に誰もいないようだった。夏目が鍵《かぎ》を開け、勝手知ったる様子で中に入る。しんとした無人の室内は、それでも人の手が入っているようで、空気はこもっておらず、玄関先には来訪者を歓迎するように花が生けてあった。

「本当は、海の見える場所がよかったんだが。急だったし、シーズンもシーズンだったんでな。ここしか取れなかった」

淡々と言う夏目からは、相変わらず感情が読み取れない。何を考えているのかわからない。そんな夏目が少し、怖かった。

「ここ、どこ」

「別荘だ」

夏目は素っ気なく答え、リビングらしき部屋に旅行鞄を置き、クーラーをつけた。

「といっても、親戚《しんせき》の持ち物だ。ホテルの予約が取れなかったんで、頼んで貸してもらった」

「なんでいきなり……」

いったいなんだというのだろう。騙《だま》して拉致《らち》ったかと思えば、別荘に連れてきて。

「連児？」

訝しげにこちらを向いた夏目は、二丁目にいた時とはまた違う装いをしている。あの夜が黒いサマーセーターだったのに対し、今は夏の海辺らしい、明るい色の麻のシャツを無造作に着ていた。

こんな服、持ってたんだとぼんやり思う。もう数えきれないくらい夏目のマンションに行ったのに、俺はそんなことも知らなかった。いや、何も知らないのだ。彼のことは。

「なんなんだよ、あんた。浮気してたかと思ったら、いきなり拉致って、こんなとこ連れてきて。わけわかんねえよ」

二丁目の夜のことを思い出したら、語尾が震えてしまった。

「連児」

うつむく視線の先、白のローファーが駆け寄るように近づいてきて、無言のまま抱きしめられた。押し当てられた首筋から、爽《さわ》やかなコロンの香りがする。いつもの夏目の匂《にお》い。

ふっと身体が弛緩《しかん》した。

「怖がらせたか？　悪かったな。驚かせようと思ってたんだ」

優しい、柔らかい声とともに、子供にするみたいに背中を撫《な》でられる。

「この夏はまだ、どこにも連れていってやってないし。そういうのもあって、お前が拗ねたんだと思って……」

　男の声はいつになく弱気で、それにまた少し、安心した。

「この間のことは誤解だ。浮気なんかしてない。店で偶然会って、酔っ払ったって言うんで、通りまで送ってタクシーに乗せる途中だったんだ」

「あんたのこと和久って呼んでた。前に付き合ってた男なんじゃないのか」

　夏目は一瞬、言葉に詰まったが、「ずっと昔の遊び相手だ」と白状した。腕の中で身体を強張《こわば》らせた俺に、慌てたような声が降ってくる。

「俺が毎日、あの店に通って恋人を待ってたんで、嫌がらせをされた。向こうはフリーというか、男に振られたばかりみたいでな。俺だけ上手くいってるのが許せないんだと。酔って愚痴ってくるんで、お前が来る前にとりあえず帰したかったんだ」

「恋人？　待ってたって……」

「待ち伏せしてたんだよ。誰かさんは俺が止めるのに、真夏の盛り場に行こうとしてたから」

　きょとんとして顔を上げると、夏目が軽くこちらを睨んでいた。

「秋彦から、田辺が二丁目の話をしてたって聞いた。まあ田辺の奴は、俺と秋彦とが筒抜けだってわかってて、喋ったみたいだけどな」

遊びには行きたいが、嘘のつけない性格の、彼氏持ちの友達をそういう場所に行かせて、後で仲をこじれさせるのは、気が引けたんだそうだ。

いちおう、先生の耳に入れておこうと思ったんだよ……と、田辺は悪びれもせず言ったのだという。

俺にも夏目に話を聞けとか、無駄な指令を振ってきたのは、そういうわけだったのだ。まさか、現場で夏目と鉢合わせするとは思っていなかっただろうが。

ホントに気を使わせてるなあ、と東京に残してきた友達に、心の中で頭を下げた。

「で、秋彦が田辺に紹介したって店で、お前を張ってたんだ」

「だから、あの店にいたの？　毎日？」

「お前たちの正確な決行日がわからなかったからな。三日通った」

ついでに言えば、大森もわざと、軽いノリであの店を紹介したのだそうだ。

「どうせ、お前らは言っても止まらないだろうってな。あの辺は本当に観光地なんだよ。うちの教師たちも、たまに飲みに行ってるらしいんだ。遭遇したら洒落《しゃれ》にならんだろう。とりあえず知り合いの店に行かせて、そこで補導する手はずだったんだ」

教師二人の目論見《もくろみ》に、俺たちはまんまと引っかかったわけだ。誤算は、そこに夏目の昔の遊び相手がいたこと。

「自業自得だって秋彦に笑われたけどな。田辺たちにも、あれで結構、いろいろ言われたんだ。軽ーい感じで、ネチネチと。確かにお前と付き合う前は、遊んでたよ。ろくでもないことばかりしてたのも認める。けど、お前と付き合うようになってからは、一度も浮気なんてしてない」

背中に回された腕が、いっそう強く抱きしめてくる。俺は、彼の胸に甘えるように鼻先をすり寄せた。

「ごめんな。あんたの言うこと聞かなくて」

忙しいのに、たくさん迷惑をかけた。子供っぽく拗ねて、恋人の気持ちを疑って。なのに夏目は、今日もまたこんなふうに、俺のために動いてくれた。

思っていた以上に、俺は甘やかされているらしい。

「ありがとな。好きだよ、和久」

「連児」

ため息のように、俺の名前を呼ぶ。ジンと身体が熱くなって、顔を上げると、噛《か》みつくようにキスをされた。

「や、あ……っ、ちょっと待っ……」

ずり上がった身体を追いかけるように夏目が覆いかぶさってきて、高そうな革張りのソファがわずかに軋《きし》んだ。家の中は静かで、クーラーの音と二人の息遣いだけがやけに大きく聞こえる。

好きだと言って、キスをした後、俺はいきなりソファに押し倒された。繰り返し名前を呼ぶ夏目の声は情欲に掠《かす》れていて、いつもの余裕がない。

「なんか、いつもと違……」

「お前が可愛《かわい》く甘えるからだろ」

煽《あお》られたんだと耳元で囁かれ、首筋をきつく吸われた。ねっとりとした舌が耳から鎖骨に降り、胸の突起をついばむ。

「お前のせいで、もうこんなだ」

薄い夏地のパンツ越しに、卑猥《ひわい》なほど盛り上がったそれを腰に押しつけられる。布を通して伝わってくる熱く固い感触に、俺もゾクゾクと背筋が震えた。

「変態」

「お前限定でな。こんな俺は、嫌か？」

怖いか、と尋ねてくる夏目の切れ長の目の奥に、わずかな不安の色が見えて、俺はふっと笑った。

「嫌いじゃない」

好きだと囁くと、男っぽい喉仏《のどぼとけ》が大きく上下した。手早くベルトが外され、俺は下着ごとズボンを引き抜かれる。そのままソファにうつ伏せにされて、尻《しり》を突き出すように抱え上げられた。

「やだ、こんな格好……」

「煽るのが上手いな。水着の跡、妙にエロいし」

言いながら、腰骨から恥骨にかけて舌を這《は》わせていく。焦《じ》らすような愛撫《あいぶ》に、煽ってなんかないとか、反論をする余裕もなかった。けれど、最初にギブアップしたのは夏目の方だ。

「すまん。一回、出していいか」

何が、と問う前に、後ろで慌ただしくベルトを外す音がした。ソファに伏せたまま振り仰ぐと、夏目が前をくつろげている。

取り出されたそれは大きく反り返って、ドクドクと脈打っていた。俺の恥骨に擦《こす》りつけられた先端はすでにぬめっていて、少し擦っただけでドバドバと射精のような先走りがこぼれた。

「や、すご……」

こぼれたカウパー液が会陰《えいん》から前の屹立《きつりつ》にまで伝ってくる。淫猥《いんわい》な動作に、俺の一物もまた痛いくらい張り詰めていた。

「連……」

夏目が低く呻《うめ》き、後ろの窄《すぼ》まりに熱い迸《ほとばし》りが振りかけられる。ドロリとした、普段より粘度の高いそれが骨ばった太い指で窄まりに塗り込められるのは、たまらない感覚だった。

「和久、早く……俺も欲しい」

恥ずかしさもかなぐり捨て、腰を高く上げてねだった。出したばかりの夏目のそれは、まだ固く上を向いている。俺はそれを自分の尻に、自分から擦りつけた。

「これ以上、可愛いことするなよ。止まらないぞ」

苦笑しながら、それでもまだ熱に浮かされたように熱い息を吐く。自分の放ったものを塗り込めるようにして、夏目はゆっくりと俺の中に入ってきた。

「ん……あ、あ」

痛みを覚えたのは最初の一瞬だけだった。胸と前を同時に弄《いじ》られ、首筋を舐《ねぶ》られて、苦しいような圧迫感はあっという間に快感に変わった。

「キツいな。大丈夫か」

「平気。……あ、く……んっ」

言った途端、打ちつける腰の動きが激しくなった。それは角度を変えて繰り返され、やがて俺が感じる一点を見つけると、ゴリゴリと執拗《しつよう》に突き上げられる。

「ひ、あ……あん……っ」

骨ばった指で擦られ続けた鈴口から、どっと先走りが噴き出す。前後を同時に犯される感覚に、頭の中が真っ白になった。

「も、和久……い……」

絶頂に、身体が大きく反り返った。吐き出す瞬間、夏目の手がきゅっと俺のペニスを絞り上げる。その手の中に、俺は思う存分、欲望を吐き出した。

「ああ……」

背後でも、呻きとともに打ちつけられた陰嚢《いんのう》がブルブル震え、身体の奥深くにたっぷりと射精される。狂ったように欲望をぶちまけ合った俺たちは、繋《つな》がったまま、ソファの上にぐったりと重なり合った。

遠くで、セミの声が聞こえる。俺たちはソファの上で抱き合ったまま、うつらうつらしている。

「和久」

俺はふと思いついて、恋人を呼んでみた。

「明日、海に行きたい」

せっかく葉山に来たのだ。どうせなら外で遊びたかった。だめかな、とうかがうと、夏目は優しく笑って額にキスをくれた。

「そうだな。それに、今日は急で一泊しかできないが、この夏休みにまたどこかに行こう。今度はちゃんと、お前の了解を取ってから」

窓から差し込む真夏の日差しは、まだずっと高くにある。俺たちは今日もこれから、ゆっくりと二人の時間を楽しむだろう。

夏休みはまだ、始まったばかりだ。

綺麗じゃない

教室の窓から涼しい風が入ってくる。秋だな、と眼下の校庭で学園祭の看板が制作されるのを眺めながら、ぼんやり思う。

看板のペンキを塗りながら、一年生らしき男女が一組、楽しそうにおしゃべりをしていた。何やらいい雰囲気だ。

遠慮がちな距離感から、まだ付き合ってないんだろうなと推測する。きっと学園祭の最後に告白しようとか、思ってるんだろう。ドキドキして、不安に思いつつも期待の方が大きくて。今が一番楽しい時だ。

……なんてことを考えつつ窓辺で黄昏《たそがれ》ていたら、後ろからどつかれた。

「おい連児《れんじ》、ぼけっとしてないでお前も早く試着しろよ」

いつになくてきぱきとした動作でそう言ったのは、同じ三年の田辺祐介《たなべゆうすけ》だ。クラスは違うが、同じ水泳部で、一番仲のいい友達だった。

教室の真ん中では、一年から三年までの男子水泳部員が十人ほど、さっきからきゃいのきゃいのと騒いでいる。

「なんか加藤《かとう》チャンだけノリが悪いのよねー」

と、オネエ言葉で言うのは、同じく三年生の水泳部部長。水泳部員でない友達からもなぜか『部長』と呼ばれている。

俺たちは放課後、空いている教室を借りて学園祭の準備をしているのだった。出し物は学園祭で定番の『模擬喫茶』……のはずだったのだが。

「加藤先輩。先輩はこっちの、超ロングのかつらを使ってください」

「……」

さらりと言う、後輩の手には銀髪のウイッグがあった。

他にも机の上に、青い髪やら赤い髪やらが散らばっていて、各部員に似合う髪を割り当てるらしい。ウイッグの隣には、一年生たちがクラスの女子と一緒にキャッキャウフフしながら買いに行ったという、安いコスメが散乱していた。

部費で購入したこれらのコスメも最初のうち、どこをどう塗るものなのかさっぱりわからなかったが、クラスの女友達に教えを乞《こ》い、部活そっちのけで練習した甲斐《かい》もあって、今では彼女たちより綺麗《きれい》なアイラインを引けるようになった。

『女装喫茶』。それが今回の出し物だ。

普通の喫茶じゃつまらない、女装喫茶やりたい、絶対やろうぜ、と夏休みの終わりに言い出したのは田辺だ。

そういえば奴はちょっと前から、二丁目だのゲイバーだのに行きたいと言っていたのだが、このための布石だったのかと思い至る。

部長はそれを聞いて止めるどころか、俄然《がぜん》やる気を見せ始め、

「高校生活最後の学園祭で、ハンパはしたくない」

などと言い出す始末。それを聞いた坂上《さかがみ》という二年生が、

「じゃあ、衣装作ります？　女装のパーティーグッズとか使うと、どうしてもショボくなるし。俺の彼女、そういうの得意なんで頼んでみますよ」

そういうのがどういうのかわからないが、とにかく任せてみようと、大して考えもせずに部員全員の採寸をしたのだが、夏休み明けに出来てきたのは、本物かと見紛《みまが》うようなコスチュームの数々だった。

メイド、チャイナ、どこかのアニメで見たカラフルなセーラー服。キャビンアテンダントと、今は懐かしいなんとかポリスまであった。

「俺の彼女、コスプレイヤーなんでー」

得意げに言う坂上に、みんな素直に驚嘆している。コスプレイヤーの彼女ってなんだよ……とは誰《だれ》も突っ込まない。そういうもんなんだろうか。一人で困惑する俺を置き去りにして、みんなはしゃぎまくっていた。

いや、俺だって別に、カッコつけてスカしてるわけじゃない。

確かに百八十センチ超の、わりとかなり鍛えた身体《からだ》にチャイナドレスは痛い。ついでに言えばものすごく悪人面で、その見た目のせいで誤解され、他校のヤンキーな学生からは『狂犬』と呼ばれていたりもする。外見がそれっぽいだけで、不良でもなんでもないのだが。

そんなデカくてゴツい男が女装をするのは、ギャグ以外の何物でもない。いや、いっそギャグならその場のノリで、チャイナだってミニスカだってためらいなく着れるのだけど、このところの水泳部は真剣に本気なのだ。

こんなにもアグレッシブに動いている姿を、プールサイドでは見たことがなく、いったい彼らはどこに行くのだろう……と、しばしば不安になる。

学園祭は十一月。今は二学期が始まったばかりで、どこの部もまだそれほど準備を焦ってはいないのだが、うちだけは最初からアクセル全開に気合が入っている。

「連児さん、彼女が見に来るんですよね。ちゃんとキメないと！」

「……来ねえよ」

したり顔でグッ、と親指を立ててくる後輩がうざい。彼女なんていないのだ。

ただ、彼氏ならいるとはさすがにこの場では言えなくて、俺は黙ってチャイナドレスに

袖を通した。

今日も無駄に熱い部活を終え、日の落ちかけた夕方。校舎から出ようとしたところで、後ろから声をかけられた。

「加藤、まだ残ってたのか」

ちょっと咎《とが》めるような、教師らしい男の声に、ぼんやりしていた俺はハッと我に返った。

背後を振り向けば、そこにはすらりとした長身の男が立っている。数学科の教師、夏目《なつめ》和久《かずひさ》だった。

俺よりもさらに一回り大柄で、美貌《びぼう》と言っていい、迫力のある端整な容姿をしている。この場にいなければ、誰も彼が高校教師だなんて思わないだろう。

「和……夏目」

「夏目先生だろ。もう下校時刻はとっくに過ぎてるぞ」

だが、教師としか思えない口調で言う。周りには他にも、学園祭の準備で帰りが遅くなっている生徒がいて、夏目に追い立てられるように校舎から駆け出していた。

さようなら、と夏目に挨拶《あいさつ》をする生徒たちは男も女も、ちょっと怖がるような、でも気になって仕方がないような、そんな目をしている。

　夏目は滅多に怒らないし、注意をする時も声を荒らげたりしないのだが、その場にいるだけで妙に威圧感があるのだ。俺は一年と三年で数学が夏目だったが、彼の授業は他のどの先生よりも私語が少なかった。

　態度はクールだが教える姿勢は熱心で、その容姿も相まって生徒には人気がある。憧《あこが》れるけど、絶対に振り向いてもらえそうにないところがドM心をそそるのだと、クラスの女子が言っていた。それに納得してしまったということは、俺もMなのかもしれない。

「加藤？　どうした、具合でも悪いのか」

　ぼーっと見つめてしまった俺に、夏目が少し心配そうに言う。

「いや、平気」

　見惚《みと》れてしまっていたからだとは言えなくて、慌てて首を振ったのに、相手は不審そうに眉《まゆ》をひそめた。

「お前、この間からなんか変じゃないか？」

　この間、というところで声が小さくなる。今から二週間ほど前、二人で会った時のことを指しているのだとわかって、再び首を横に振った。

「別に。なんともないけど」

それは嘘《うそ》だったから、態度がぎこちなくなっていたのかもしれない。夏目はやっぱり眉を寄せたままだったが、「まあいい」とため息をついた。

「今日は約束通り、『宿題』できるか?」

『宿題』という二音をつむぐ教師の声が、甘く聞こえたのは気のせいではないと思う。それは俺と夏目の間で決めた、二人きりで会うための秘密のキーワードだった。

「あ、ああ、大丈夫」

うなずくと、夏目はちょっとホッとした顔をした。

学校では毎日のように顔を合わせているが、二人で会うのは久しぶりだ。このところ、俺が何かと理由をつけて二人で会うのを拒んでいたからだが、夏目もさすがに、おかしいと思っていたのだろう。

「じゃあ、またな」

後で、という言葉の代わりに、夏目は機嫌のいい艶《つや》やかな微笑を浮かべた。

男臭い色気たっぷりのそれに、条件反射みたいに心臓が飛び跳ねてしまう。俺の顔はたぶん今、みっともなく赤くなっているんだろう。

一年の頃から、彼が好きだった。

去年の学園祭の後に初めて抱かれて、恋人という関係になれたのはつい二か月前。一学期の終わりのことだ。

セフレから恋人に昇格して、今は幸せ真っ只中《ただなか》……になるはずだったのだが。

（教師と生徒なんて、面倒臭いよね）

この間、バーで出会った男の言葉を思い出す。

以前、夏目の恋人だった男。綺麗で蠱惑《こわく》的で、顔立ちは夏目の最初の恋人に少し似ていた。

（飽きると早いよ、彼。俺もいきなり切られたもん。もう飽きた、とか言って。ひどくない？　ほんの少し前まで、好きだとか愛してるとか言ってたくせに）

悪意たっぷりで俺に毒を吐いてくる男が、まだ夏目に未練があることはわかった。彼の言っていることが、どこまで事実に基づいているのかはわからない。

だがあの日からずっと、男の言葉が頭から離れずにいる。


八月、夏休みも終わりに近づいた頃、俺は夏目とゲイバーに行った。

どうしてそんなことになったのかと言えば、俺が頼み込んだからだ。

この夏のはじめに、夏目には葉山にある親戚《しんせき》の別荘に連れていってもらった。初めて夏目と旅行ができて、それだけでも嬉《うれ》しかったのだが、夏目は騙《だま》し討ちみたいに俺をさらっていったことを後悔していたらしく、この休みには必ず、またどこかに行こうと約束してくれた。

しかし、教師というのは夏休みの最中でもなんだかんだと忙しい。その間に俺も家族旅行やバイトが入ったりして、結局どこにも行けずにいた。

夏休みが残り少なくなるにつれ、せめて日帰りでどこかに行こうという話になり、夏目がお前の好きなところでいいと言うから、ゲイバーに行きたいと言ってみたのだ。

こちらもやっぱり夏休みのはじめ、田辺と部長とこっそり行こうとして、夏目に阻止された経緯がある。

その時は別に、ものすごく行きたいわけじゃなかった。田辺に誘われてなんとなくついていったのだが、夏目がそれを止めに来た折に、彼が以前、その手の場所で遊びまくっていたらしい事実が発覚した。

それで、俄《にわ》かに興味が湧《わ》いた。俺は夏目の、教師の顔しか知らない。別の顔があるのなら、見てみたいと思ったのだ。

何度もしつこく食い下がって、ようやく、

「一時間だけだぞ。もちろんアルコールはなしだ。俺の側《そば》から離れないこと」

と、承知してもらった。教師と教え子の立場で、これはものすごい譲歩だ。

そうして連れていってもらった店は、ゲイバーという以外はごく普通の店だった。

店のオーナーでもあるママは五十がらみの、俺より強面《こわもて》のごつい男で、夏目の友人だという。夏目から紹介された俺を見るなり、

「真面目《まじめ》そうな子ね。カズちゃん、アンタもちゃんとしないとダメよ」

などと言われたので面食らった。見た目がヤンキーな俺を初対面で『真面目そう』と評する人も初めてなら、夏目が『カズちゃん』などと呼ばれて子供のように扱われるのを見るのも、初めてだった。

「ちゃんとしてるさ。だからママに紹介したんだ」

夏目も苦笑する。それから俺に向かって、

「昔からこんな感じなんだ。馬鹿やると、容赦なく怒られるからな。頭が上がらないんだよ」

と言った。どんな馬鹿かわからないが、とにかく夏目がモテたんだろうということはわかる。

落ち着いた店で、むやみに声をかけてくる客はいないのだが、俺たちが店に入った瞬間

から、客の視線は夏目に集中していた。

カウンターに二人で腰を落ち着けてからも、みんなチラチラこちらを見ている。対して夏目は、そんな視線など存在しないかのように振る舞っていた。そのシカトっぷりには年季が入っていて、今までどれだけの男をあしらってきたのだろうと、逆に思ってしまう。

しかし、ママの話は面白かったし、店の雰囲気もよかった。ノンアルコールのカクテルを作ってもらい、夏目との初めての外デートに浮かれていた。

その男が現れたのは、店に入って一時間ほど経った頃だった。

現れた、というのは語弊がある。彼はもともと、店の奥で飲んでいたようだった。店はかなり広くて、しかも週末ということもあって混雑していた。

だからママも夏目も、彼がいることに気づかなかったのだろう。

そろそろ約束の一時間、というところで、夏目の携帯が鳴った。学校からで、ママに「電話するならあっちよ」と、店のエントランスに追い立てられてしまった。

夏目は俺を一緒に連れ出そうとしたが、俺はグラスの中身が残っているからという理由で席に留まった。

学校からの電話だったら、俺が聞いてはまずいことかもしれないし、それにもう少し店にいたかったのだ。

「帰ってくるまで、ここを動くなよ」

夏目はそんなことを言い置いて、それでもまだ心配そうな顔をしていた。俺は過保護だなあと思いながらそれを見送る。

あの時、帰っておけばよかったと思う。

折悪《おりあ》しく、夏目が席を立った直後に、ママも客に呼ばれてカウンターを離れてしまった。

「いい子にしててね。ナンパされても相手にしちゃだめよ」

俺が未成年だと知っているせいか、ママまでそんなことを言った。

二人の言いつけ通り、俺はカウンターの席でおとなしくしていたのだが、相手が向こうからやってきてしまった。

「なあ、和久の今の彼って、あんた？」

それが、奴の開口一番に言ったセリフだった。

突然、近づいてきた男にそう言われれば、言葉に詰まるだろう。

二十代半ばくらいの、若い男だ。綺麗な顔をしていた。小柄で華奢《きゃしゃ》で、その女性的な美貌に、俺はふと、知り合いの顔を思い出す。

それはうちの学校の音楽科教師、大森秋彦《おおもりあきひこ》の顔だった。夏目の同僚で、元同級生。それから、最初の恋人。

大森はおっとりした優しい人なのだが、こっちの男は攻撃的だった。俺を挑発するかのように、

「俺は和久の元カレ。去年まで付き合ってたんだ」

と言う。ふうん、と気のない返事をしてみせたけど、内心穏やかではない。去年といえば、俺と夏目がそういう関係になった頃だ。

最後までやったのは学園祭の時だが、夏くらいにはもう、ペッティング程度のことはやっていた。

とはいえ、付き合っていたわけではなく、微妙な関係だった。

まさか時期はかぶってないだろうな、と不安になる。男はものすごく挑発的で、おまけにその容姿のせいか、俺に対してどこか勝ち誇った様子だったし、そして夏目に未練たっぷりなことを隠そうともしていなかった。

「もしかして、未成年？　和久の教え子とか？」

酒を勧められて断ったら、すかさず言われた。こちらは咄嗟《とっさ》に誤魔化《ごまか》せず、口ごもってしまう。

すると、男はそれが癇《かん》に障ったように「ふん」と鼻を鳴らした。

「大変だね、教師と生徒なんて。面倒臭いよね。ただでさえ面倒臭がりなのに、彼。飽きると早いよ。俺もいきなり切られたもん。二年も付き合ったのにさ。もう飽きた、とか言って。ひどくない？　ほんの少し前まで、好きだとか愛してるとか言ってたくせに」

男のおしゃべりはそこで終わった。ママがこちらに気づいて、慌てて戻ってきてくれたのだ。

「テル、あんたカズのことちゃんと吹っ切ったんじゃなかったの？　ルールが守れないなら出禁にするわよ」

ママが怖い顔で睨《にら》むと、男は途端におとなしくなった。それでも去り際、俺を睨みつけてカウンターから離れていった。

ごめんね、とママは微妙な顔をしている俺に謝る。

「テルって子、根は悪い子じゃないんだけど、ちょっと粘着質なのよね。カズに対してだけじゃないの。別れてもズルズルしちゃうっていうか。綺麗な子なんだけどねえ」

フォローをしてくれるママの口調にはそれでもどこか、テルと呼ばれた男に同情めいたものが感じられた。

奴の態度はどうにも承服しかねるが、確かに気持ちはわかる。自分を振った男が、新しい恋人を連れて現れたりしたら、誰だって辛《つら》い。

「でも、あんたは気にしちゃダメよ。どんと構えてなさい、どんと」

オカンのような口調で言うママに俺は笑い、それからほどなくして夏目が戻ってきて、俺たちはママに礼を言って店を出た。

帰り道、俺は夏目にテルのことを話した。黙っていようかと思ったけど、そうすることで胸の中にある不安が深刻になる気がして。

夏目は話を聞いた途端、ひどく苦い顔になり、

「嫌な思いをさせて、悪かった」

と謝った。その顔は真剣で、俺はさっき引っかかってたことを打ち明けた。

「去年まで、付き合ってたって」

「俺の記憶では、一昨年《おととし》なんだがな」

別れを告げたのは一昨年の暮れだという。

「しばらく納得してもらえなくて、その後何回か会ったが、あいつの中ではその間も付き合ってたことになってるのかもしれない」

「俺とかぶってないんだ」

思わずぽろりと口にすると、「二股《ふたまた》を疑ってたのか？」とちょっと怒ったように言った。

だがすぐに、何かを思い出したようにため息をつく。

「あいつとはそれっきりだ。ただ……」

「ただ？」

「ついでに暴露すると、その後、他の男とは何回か寝た。付き合ってたわけじゃなくて、全部違う相手だが」

ものすごい隠し玉だ。信じられなくて、つい黙り込んでしまった。夏目が焦ったように言い募る。

「夏休み前に、お前と何回かキスしただろ。その辺りまでだ。それ以降は、誰ともやってない」

「ギリギリセーフって言いたいのか？　俺としては、あんたがそこまで遊びまくってたことの方が気になるけどな」

「う……そこは言い訳のしようもないが。今は本当にお前だけだ」

普段は傲岸不遜《ごうがんふそん》な男が、いつになくへどもどしている。夏目のこんなに情けない顔は見たことがなくて、俺はようやく胸のモヤモヤを吹っ切る気になった。

「浮気したら許さないからな」

冗談めかして言い、そんな俺の様子に、夏目もホッとした顔をした。

「絶対にしない」

その夜は夏目のマンションに泊まり、何度も彼に抱かれた。

それきり夏目の過去の話をすることはなかったし、その後、二人きりで会う時も話題を蒸し返すことはなかった。

表面上は今まで通り。ただ、テルという男の言葉は呪《のろ》いのように俺の中に残った。

いきなり切られた、と言ったテル。以前の夏目は思っていた通り遊び人で、今だってその気になればいくらでも相手はいるだろう。

お前だけだと言う夏目の言葉を疑う気はないし、少なくとも今は誠実だ。

けれどもそれは、いつまで続くのだろうと思う。

来年には俺は高校を卒業する。大学の附属高校で、ほとんどの生徒が形だけの試験で持ち上がるけれど、大学のキャンパスは高校とは離れていた。

今のように、毎日学校で顔を合わせることはなくなって、二人きりの時間も減るかもしれない。

もうすぐ環境が変わるという現実が不安を日に日に増長させ、俺はこのところ、ひどく不安定な気分になっているのだった。

『宿題』の約束をしていた俺は、夏目と学校で別れた後、一度家に帰って制服を着替え、泊まり用の荷物を持って夏目のマンションに向かった。

両親は共働きなので家には誰もいなかったが、泊まることはあらかじめ言ってある。わりと放任主義の家庭で、夏目と付き合い始めてからはむしろ夜遊びや外泊が減ったので、夏目との約束の時に何か咎められたことはなかった。

去年の冬に夏目から合《あ》い鍵《かぎ》をもらい、約束のある日は先にマンションに行って彼の帰りを待っている。教師と生徒という立場上、外では滅多に会えないから、二人で会う時はもっぱら家デートだ。外で会ったのは、いまだに片手で数えられる程度。

別にそのこと自体は嫌じゃない。家の方がゆっくりできるし、周りを気にしなくて済む。ただ夏目は、今まで付き合ってきた相手とどういうふうに過ごしていたのだろうと、考えてしまうのだった。

いつものようにシャワーを浴びて、テレビを見ていると、七時頃、デパートの惣菜《そうざい》を持って部屋の主が帰ってきた。

「久しぶりだな」

玄関先でそう言った夏目の口調に、わずかな揶揄《やゆ》が含まれている気がして、俺は「ごめん」と謝った。それで、俺が避けていたことを確信したのだろう。

「やっぱりな」

とため息をついた。何か言いかけて、それから自分が手にした惣菜の袋を見て、思い直したように口をつぐむ。

「とりあえず飯にするか」

話はその後で、ということだ。

「ご飯、炊いておいた」

何か買ってくるというので、ご飯くらいはと仕込んでおいたのだ。

「ありがとう。助かる」

それでも夏目は、嬉しそうにそう言ってくれた。

俺はろくに料理も家事もできないし、恋人とはいえ人の家で勝手なことをするのは気が引けるので、掃除も何もしないのだけど、夏目は俺がこうやって時々、身の回りのことをするととても喜ぶ。

夏目が喜ぶのが嬉しくて、俺もできればもっといろいろしたかった。

一緒に暮らしたら、料理も覚えるのに、と妄想をしたこともある。

高校を卒業して、教師と生徒という関係でなくなったら、もしかして同棲《どうせい》なんてことをできないだろうかと、夢みたいなことを考えることもあった。

でも実際は、そんなの無理だってわかっている。

俺が行く予定の大学のキャンパスまでは、実家から一時間以内で、わざわざ家を出る理由にはならない。それに、いくら卒業したからといっても、教師と元教え子が同居するのはおかしいだろう。

だからその夢は、本当にただの夢想に過ぎないのだ。

「それで？　俺が避けられてる理由はなんなんだ」

食事を終え、夏目はシャワーを浴びてリビングに戻ってくると、少し怒ったように切り出してきた。濡《ぬ》れた髪をバスタオルで乱暴に拭《ふ》きながら、ソファの俺の隣にどっかりと腰を下ろす。

「この間の、店に行った時からだな。……俺に幻滅したか？」

俺は慌てて首を振った。顔を上げると、夏目がじっとこちらを見ていた。怒っているのではなく、どこか不安げな顔。ごめん、と俺はもう一度謝った。

「避けるつもりはなかったんだ。会うのが怖かったっていうか。こうやって会ってるとさ、相手に慣れるだろ？　だから、会うたびにあんたの気持ちが減ってくんじゃないかって、怖かった」

漠然とした不安だった。では会わなければいいのかと言えば、それはそれで不安なのだ。

「俺、最近ちょっとナーバスなんだよな。来年には卒業で、和久と今までみたいに会えなくなるって思って。あんた、テルって人のこと『飽きた』って言って振ったんだろ？」

いきなり質問したせいか、夏目は珍しく固まった。記憶を手繰るようにして何かを考えていたが、やがて小さく呻《うめ》く。

「言った、かもな」

「うわ。聞いておいてなんだけど、サイテーだな」

「いや待て待て。あいつと別れる時はかなり泥沼で大変だったんだ。もうこっちに気持ちはないのに別れないって言うし。それでイライラして……今考えたら、ひどいことも言ったと思う」

「でも向こうは、それだけ本気だったってことだよな。あんたは？　遊びだったのかよ」

「遊びのつもりはなかった。恋人だと思ってたし。けど相手と同じくらい本気だったかと言われると、自信がない。たぶん、そういうのは向こうもわかってたんだろうな。浮気をしてみせたり、いろいろと試すようなことをされて、それで疲れた。まあ俺も、それならそれでと思って浮気したこともあったんだが。……今は反省してるんだよ。だから、正直に話してるだろう」

俺の目がどんどん冷たくなっていくので、焦ったらしい。ポロポロと過去の行動を懺悔《ざんげ》していく。

遊んでたんだろうな、とは思ってたけど、想像以上にひどい男だったようだ。

俺はわざと、呆《あき》れたようにため息をついてみせた。びくっ、とバスローブを羽織った相手の肩が震えるのを見て、ちょっとおかしくなったが、ここでなし崩しにするつもりはないので表情を引き締める。

「だからさ。今の和久の気持ちを疑う気はないけど。いつか俺も、あの人と同じように飽きられて、いきなり切られるのかもしれない」

綺麗な人だった。夏目は男っぽい男が好みだと言っているけれど、それだって俺よりも大人でいい男がたくさんいる。夏目みたいな男をいつまでも繫《つな》ぎ止めておける自信が俺にはない。

「……これは、俺の自業自得なのかもしれないが。信用されていないってのは辛いな」

ため息とともに、夏目はそう呟《つぶや》いた。

「信じてないわけじゃないけど」

「でも不安、か？」

俺は素直にうなずく。夏目はちょっと笑って、俺の頰《ほお》を撫《な》でた。

「お前の気持ちはわからなくもない。俺だって不安だ。お前は若いし、高校生にとっては三十路《みそじ》前の男なんてオッサンだからな。俺と付き合う前に、お前が女と付き合ってたのも知ってる。それに大学に入ったら、もっと世界が広がるだろう。俺は同じ場所に留まってどんどん年を食ってくが、お前にはこれからいろいろな出会いがあるんだ。考えるだけで、気が狂いそうになる」

夏目の吐露を、俺は驚いて聞いていた。過去の男癖を除けば何もかもが完璧《かんぺき》で、いつもは自信たっぷりに見える彼が、こんなふうにネガティブな思考を持っていたなんて新鮮な驚きだった。

悩まない、不安にならない人間なんていないのだと、当たり前のことだが目からうろこが落ちたようになる。

俺が夏目を避けている間だって、彼はいろいろなことを考えただろう。俺が、夏目と離れている間、いつも彼のことを考えていたように。

「あんたも、不安になるんだね」

思わずぽろりと本音をこぼすと、夏目は苦笑して、俺の髪をくしゃくしゃと掻《か》き混ぜた。

「教師だし、年は離れてるが、俺はお前が思ってるほど大人じゃないんだよ」

もしかしたら、余裕のあるふりをして、無理をしていたこともあるのかもしれない。俺は夏目に甘えるけど、夏目が俺に寄りかかることはなかった。

でも教師なんて気苦労の多い仕事をしていて、いろいろと大変なことだってあっただろう。

そう考えると、唐突に切なくなった。俺は、自分のことばかり考えてる。夏目は俺のことを考えてくれているのに。

「ごめんな」

「ん？」

「俺って甘えるばっかりだよな。大人のあんたの方が、大変なのに」

不安になったらすぐ逃げるし。言うと、夏目は俺の背中に腕を回し、ぎゅっと抱きしめてくれた。

「恋人に甘えられるのは楽しいよ。けど、そうだな。俺もこの先、辛い時はお前に寄りかかる時があるかもしれない」

付き合っていればいろいろなことがあるだろうし、喧嘩《けんか》以外にも、二人の関係が危うくなる時があるかもしれない。

「だが、終わるかもしれないと思って付き合うより、お互いに一緒にい続けようと思って努力する方が、長続きするだろう」

「うん」

一方的に思うのではなく、お互いに幸せになることを考えて。夏目は俺の手を取ってキスをした。

「俺はお前とこういう関係になった時から、ずっと一緒にいる覚悟でいる。その時になるまで言うつもりはなかったが、お前が社会人になったら、このマンションも買い換えて二人で暮らそうと思ってた」

「社会人？」

「気持ちだけ言えば、今すぐにでも同棲したいけどな。ちゃんと勉強して、お前が仕事に就いて親元から独立した時に、無理のない形で一緒に暮らしていけたらと考えてた。就職先によっては、地方に赴任もあるだろう」

そんなふうに考えてくれていたとは思わなかった。俺は一緒に住めたらいいな、くらいの発想だったのに。

「まだ先の、俺が勝手に考えている話だ。どうなるか、将来のことなんてわからない。もしかしたら、その頃には別れているかもしれない。けど今は、お前とずっと一緒にいたいと思うし、そのためならどんな努力もしようと思うんだよ」

その言葉に、ちょっと泣きたくなった。

夏目はいつだって誠実で優しい。昔はどうあれ、今の彼は俺を愛してくれているのだ。

「俺も、ずっと一緒にいたい。一緒に住めたらいいなって思ってた」

自分から、恋人の背中に腕を回す。夏目に言われた通り、不安から逃げるより一緒にいられる努力をする方がいい。

「俺、頑張る。まだ頼りないけど。そのうち、あんたが安心して背中預けられるような男になるから」

「ありがとう。期待してる」

夏目はすごく嬉しそうな、優しい顔で微笑む。

どちらからともなくキスをして、俺はソファに押し倒された。シャツをめくり上げて肌を愛撫してくる手は優しく気持ちいい。

お互いの身体をまさぐりながらキスを重ね、速くなっていく息の合間に、夏目がふと、思いついたように顔を上げた。

「今から、頼ってもいいか？　お前にぜひ頼みたいことがあるんだが」

真面目な顔で言うから、いいよ、と言ってしまった。

「もちろん。俺にできることなら、なんでもするよ」

こっちは真剣だったのに。夏目はニヤッと笑った。

「本当だな」

俺はそれで、夏目にはめられたのだとわかった。大人って汚い。

それから夏目の口から告げられた『頼みごと』を聞いて、なんでもすると言ったことをさらに後悔したのだった。


それから二か月後。高校最後の学園祭は、盛況のうちに終わった。

我らが水泳部の模擬喫茶は、自分たちで予想していた以上に周りからウケた。何しろその女装の完成度がハンパないのだ。

コスチュームの出来の良さやメイクの習熟度が、生徒や教師ばかりか見学に来た父兄にまで称賛されてしまった。

部長に至っては、自然な「女声」まで身につけて、普通に外を歩いてもバレないんじゃないか、という域にまで達している。

俺も、中途半端をしてはかえって悪目立ちすると気づいたので、それからは開き直り、メイクの練習に邁進《まいしん》した。

当日はうちの両親まで見学に来た。仕事のはずだったのに、途中で抜けてきたのだという。

高校最後のイベントだから、とか言っていたが、単に息子の女装が面白そうだから来たのだと思う。父親はただ笑っていたが、母親はやけにはしゃいでいた。

『綺麗じゃないの。私に似てるわね』

と言って、デジカメでバシャバシャと写真を撮り、また仕事場に戻っていった。

友達も大勢来てくれたが、夏目だけは現れなかった。見回りなどで当日は忙しいというのもあるが、何よりも、

『後の楽しみに取っておく』

ということらしい。そんなことを言われると、逆にプレッシャーがかかるのだけど。

夏目が言っていた『頼みごと』というのは、二人だけの時に女装してくれ、ということだった。

言われた時は変態、とさんざん罵《ののし》ったのだけど、ならば口紅はどぎつい赤じゃなくて初心《うぶ》っぽいピンクにしておこうかなどと考えている辺り、俺も十分におかしいと思う。

そうして学園祭が終わり、水泳部で打ち上げをした帰り。もう夜も遅い時刻に、俺は自宅ではなく夏目のマンションに向かった。

「なあ、あんたも疲れてるし、明日にしないか？」

約束をしたものの、正直、かなり怯《ひる》んでいた。イベント中は祭りだということもあり、

周りも同じように女装していたから抵抗は薄かった。でもこうやって二人きりになり、いざ、というふうに待たれると腰が引けてしまうのだ。

対して部屋の主は、リビングのソファですっかりくつろいでいる。

「往生際が悪いぞ。昼より夜にやる方が雰囲気が出るだろう」

「なんの雰囲気だよ……」

しかし夏目は、ここで引く気はないらしい。ゆったり構えてウイスキーのグラスなんて持ってるが、すごく期待している雰囲気がビシビシと伝わってくる。

最近、夏目は以前に比べて自分を繕わなくなった。子供っぽいことや親父《おやじ》っぽいことを言ったりして、俺を呆れさせる。まあ、そういうのも嬉しいんだけど。

どうにもなりそうにないので、仕方なくバスルームで着替えとメイクをした。笑われるのか引かれるのか、覚悟を決めて夏目の前に出る。恥ずかしくて相手の顔が見られなかった。

「……綺麗じゃないか」

小さな声で夏目が言った。おずおずと顔を上げると、切れ長の目を見開き、驚いたようにまじまじと見つめている。

「どうせ変だろ」

紫のチャイナドレスに、銀髪のロングストレート。前髪は眉を越すフルバングで、モードっぽいと言えばモードっぽい。坂上渾身《こんしん》のスタイリングだ。

「いや、女に見えるな。驚いた。生徒たちが本物っぽいって騒いでるのがわかった。衣装もすごいじゃないか。手作りなのか」

「うん、そう……。坂上の彼女が」

夏目が素直に感心しているようなので、ひとまずホッとした。

「お前、化粧が映えるんだな。こういう外国人のモデルを見たことがあるぞ」

「喜んでいいのか、微妙なんですけど。着替えてくる」

色っぽい雰囲気ではなく、ひたすら感心している。恥ずかしくていたたまれず、俺は思わずバスルームに取って返そうとした。

だがすぐに、夏目に腕を摑《つか》まれてしまう。

「こら、逃げるな」

「だってあんた、女なんか興味ないだろ」

根っからのゲイなのだ。女の格好なんてしたら、むしろ萎《な》えるんではないかと、今さらながらに思いついた。俺がそう言うと、夏目はなぜかおかしそうに笑った。そして俺の手を強引に引き寄せる。

「なっ」

導かれて押しつけられた先が夏目の股間《こかん》だったので、硬直してしまった。

「萎えてないだろ？」

そう言って笑う、夏目の物はすでに、熱く兆し始めていた。

「なんで……」

「なんでも何も。女に興味はないが、お前が綺麗な格好して、しかも恥じらってたりしたら、勃《た》つに決まってる」

言いながらも、俺の手の下で夏目がどんどん固く大きくなっているのがわかる。卑猥《ひわい》な行為に、俺の身体にもじんと火が灯《とも》った。

ゆるりと手を振りほどくと、夏目の前にひざまずく。スラックス越しにもわかるほど、くっきりと形を変えた夏目の雄が鼻先にあった。俺は思わず、こくっと喉《のど》を鳴らしてしまう。

「連児……」

夏目が俺の意図を読み取り、たしなめるように呼んで肩を押し戻そうとした。

「したいんだ。ダメか？」

期待に呼吸が浅くなるのを感じながら相手を見上げる。夏目は一瞬、息を詰めたが、それ以上は止めなかった。

　俺は前立てのジッパーを下ろし、中から夏目の物をそっと取り出す。ぶるりと跳ね出たそれは、もう完全に勃起《ぼっき》していた。俺が握ると、先端からとろりと蜜《みつ》がこぼれる。相手が興奮してくれているのが嬉しくて、ためらいなくそれを口に含む。

　夏目のは相変わらず大きくて長くて、完全にはおさまらなかった。それでも、いつも自分がしてもらっていることを思い出して愛撫する。

「連児」

　顎《あご》が疲れ始めた頃、不意に夏目が俺の頭を掴んで離そうとした。ウイッグが取れてしまうのに、とそのことが気になって、俺は男を咥《くわ》えたままなだめるように相手を見上げた。

「……っ」

　その瞬間、夏目が息を詰める。ビクビクと口の中でペニスが震え、喉の奥に熱い液体がどっと流し込まれた。

「んっ、ぐっ」

　吐き出すのが嫌で、咳《せ》き込みながらもすべて飲み込んだ。

「馬鹿。飲んだのか」

　夏目が慌てたように言ったけど、嬉しかった。ちゃんとイッてくれたから。

「気持ちよかった？」

「ああ……ヤバいくらいな」

俺を立たせて、ぎゅっと抱きしめてくれる。でもまだ、夏目の物は固いままだった。俺も、もう我慢できないくらい身体が疼《うず》いている。そのことを相手に伝えるように、俺も身体を押しつけた。

太ももの大胆なスリットを割って、夏目の手が入ってくる。しばらく揉《も》みしだくように臀部《でんぶ》を撫でていたが、やがてぴたりと止まった。

「下着、つけてないのか？」

驚いたように言われて、恥ずかしくなった。男物ではおかしいような気がして、着替える時に下着を脱いできたのだ。

「そんなに煽《あお》ると、お前の身体が辛いぞ？」

「ち、違……ひ、んっ」

尻《しり》を割って、長い指が窄《すぼ》まりに入ってくる。いつも執拗《しつよう》なくらいゆっくりと広げる指が、今日はやけに性急だった。

「ああ、ドレスが汚れるな」

呟きとともに、いきなり身体を裏返される。背後に回った夏目が、やや乱暴にドレスの

裾《すそ》をたくし上げた。そのまま裾を俺に持たせる。ぼんやりと振り返ると、勃起した自分のペニスにローションをこぼしているのが見えた。

さっき出したはずなのに、もうすっかり反り返っている。それが自分に入ってくることを想像して、身体が震えた。

「連児。力を抜いてろ」

声とともに、熱く濡れた物がヌチュヌチュと襞《ひだ》を押し分けて入ってくる。

「……ん、あぁっ」

期待していた物でいっぱいに満たされる。奥まで埋め込まれた時、極まった身体がぶるりと震え、俺は夏目のペニスに押し出されるようにして精を飛ばしていた。

「和久……ごめ……」

入れられただけでイッてしまった。快感と羞恥《しゅうち》に震え、生理的な涙がこぼれる。

「……連児、連児」

夏目の声が、甘く切なげに響く。背中から抱きしめられ、激しい抽挿が始まった。

達したばかりの身体に埋め込まれる熱は、切なくて少し苦しくて、でも気持ちがいい。満たされていて幸せだった。身体を繋げる快感だけではなく、幸福を与えてくれるこの人と、ずっと一緒にいたいと思う。

俺にはまだ何もできないけれど、いつか同じように、夏目に幸福を与えたいと思うのだった。

離れたくない

　ドアを開けると、玄関に見慣れた運動靴があった。隅の方で几帳面《きちょうめん》に揃《そろ》えてあるそれを見て、夏目和久《なつめかずひさ》は一瞬、目元を綻《ほころ》ばせる。

　廊下の奥に向かって「ただいま」と声をかけたが、返事はなく、夏目は静かに靴を脱ぐと、足音を忍ばせて奥のリビングへ向かった。しんと冷えた廊下を抜けリビングに入ると、エアコンが効いてちょうどよく部屋が暖められていた。

　黒い革張りのソファでは案の定、恋人が静かな寝息を立てている。ソファの背に、脱いだ制服の上着とネクタイが丁寧に畳んでかけられていた。長い足がわずかにはみ出ているのがおかしい。夏目は傍らに立ち、しばらく恋人の寝顔を眺めた。

　きつめの双眸《そうぼう》が今はぴたりと閉じられ、代わりに肉の薄い唇が小さく開いている。普段は十八歳という年のわりに大人びて見えるが、眠っている姿はそこはかとなく少年らしさを残している。

（連児《れんじ》）

　まだ寝顔を見ていたくて、声にはせずに恋人の名前を呟《つぶや》いた。

「ん……」

まるでその呼びかけに応じるかのように、恋人が小さく身じろぎする。何か寝言でも言ったのか、唇がわずかに動いた。

あどけない動作に微《かす》かな劣情をもよおしながら、ふと一昨年の出来事を思い出す。

梅雨《つゆ》が始まる少し前、六月のあの日。夏目は初めて恋人の唇に触れた。


それは中間テストが終わった頃だった。テストの採点も一段落して、夏目の疲れもピークに達していた時期だ。

高校教師という仕事は、前職の金融業とはまた違った次元でハードだった。望んで就いた職だからやり甲斐《がい》はあるが、自分より一回りも年下の生徒たちの相手をしていると、時々自分がひどく年を取ったような気分に陥る。

ともあれ前職の命を削るようなハードワークや重圧はなく、瑞々《みずみず》しく時に青臭い若人たちに、自分もかつてはこんなふうだったのかと戸惑いを覚えながら、それなりに楽しく平和に暮らしていた。

中間テスト後にある定例の職員会議が終わり、その日は大方の教師たちがすでに帰宅していた。

夏目が数学科の準備室に残っていたのはたまたま、三年生の受け持ちのクラスで、留年ギリギリの生徒が赤点を取ったからだ。

勤め先の高校は、中学から大学まで一定の成績を収めていればエスカレーター式に進学できる。高校でも生徒の半分は外部を受験し、もう半分はそのまま系列の大学に行くのだが、放っておいても進学できるシステムが災いしてか、毎年何人かは進学や進級が危ぶまれる生徒が現れる。

今年も一学期から危うい生徒が現れて、今のうちになんとかしなくてはと補講の教材などを作っていた。それで、いつのまにか眠っていたらしい。

夢の中で、懐かしい匂《にお》いを嗅《か》いだ気がした。夏を思わせる、太陽と汗と、塩素の混ざった昔の——あれは学生時代の匂いだろうか。

昼に何かが掠《かす》めた気がして、はっと目を覚ました。準備室で居眠りしていたことを一瞬のうちに思い出したが、すぐ目の前に生徒の顔があって驚いた。意外な人物だった。

「お前……加藤《かとう》？」

去年、一年の数学で受け持っていた加藤連児という生徒だった。印象的なきつい目で、いつも教壇に立つ夏目を睨《にら》んでいたからよく覚えている。成績はいいくせに何かと突っかかってきて、夏目も面白がって、授業中によく難問を当てたりしていた。忘れるはずもない。

もう一つ、教師としてなるべく考えないようにはしていたが、彼が入学した時から「美味《うま》そうだな」と頭の端で思っていた。誓って、子供に手を出す趣味はない。ただ将来、自分好みのいい男になりそうだなと薄ぼんやり考えていたのは事実だ。

その連児が今、どうしてか顔を赤く染めて傍らに立っている。ふと、先ほど唇を掠めた感触を思い出し、自分の唇を撫《な》でた。

「今の……」

まさか、という思いだったが、目の前の少年はみるみるうちに顔を紅潮させ、しどろもどろに言い訳を始めた。

「ただ、脅かそうと思って」

あまりにも稚拙な言い訳だった。いつも睨んでいるように見えるきつい目が、今はわずかに潤んでいる。

それを見て夏目は、ああそうか、と納得した。たぶん、いや確実に、この生徒は自分に気がある。

まずいな、と頭の隅で思った。生徒の気持ちが、ではない。こういうことは今までにも何度もあった。そのたびに素知らぬふりをして、あるいはやんわりとたしなめたり断ったりしてきたのだ。

まずいのは、自分の衝動だった。連児の真っ赤な顔に、ぞくりと背筋が甘く震える。内に秘めた気持ちを恥じているのだろうか。必死な中に悲しそうな色が見えて、いじらしかった。

やめておけと理性が叫ぶのを聞きながら、結局夏目は彼の唇を奪ってしまった。

触れるだけではない、内側を犯すような、深く濃厚なキスだ。そうしながら夏目は、うっすらと塩素の匂いのする連児の体臭を嗅いでいた。


「起こしてくれればよかったのに」

キッチンで夕食の準備をしていると、連児が起きて拗《す》ねたように言った。手伝うよ、と言うので断った。昨日のうちに買っておいた出来合いのものを、温めたり焼いたりするだけなので、大した手間ではない。

「でも、あんたが調理してる姿って、ちょっと新鮮だな」

連児はカウンターに肘《ひじ》をついて、もの珍しそうに夏目が動くのを眺める。確かに、普段の夏目はまったくと言っていいほど料理をしない。

「特別な日だから、これくらいはな」

言うと、連児は少し寂しそうに笑う。料理を皿に盛ると、二人で食卓についた。

「卒業おめでとう」

未成年の連児に付き合って、炭酸のジュースで乾杯する。今日は連児の卒業式だった。水泳部の友人たちと打ち上げをすませ、家には友人宅に泊まると言って、今夜は夏目の部屋に泊まる。

クラスや部活の友人たちとは、卒業式までの長い休みの間に旅行や遊びに出かけたという。両親と卒業祝いに食事をしたらしいが、今日という大切な日に彼を独占することに、罪悪感がないわけではない。

疚《やま》しいといえば、教師が生徒に手を出している時点で何もかも疚しいのだが、後ろめたさばかりに気を取られていたら、関係は続かない。夏目はある時から開き直って、ただただ、恋人との時間を大切にすることに決めた。

「まだ、実感が湧《わ》かない。来月から大学生なんて」

成績のいい連児は、難なく付属の大学に進学が決まった。内部進学の中では審査の厳しい理学部だ。学科は違うが夏目も同じ学部の同窓生だったから、なんとなくこそばゆい。理学部のキャンパスは同じ都内にあり、高校からも夏目の住居からもそれほど離れてはいなかった。同級生の半分が同じ大学に進学し、そのうちの何割かは同じ理学部に通う。普通に受験をする高校生と比べれば、別れは少ない方だが、それでも今までとはまったく別の環境に身を置くのだ。感傷的になるのも無理はない。

「そうだな。俺も、その制服姿が今日で見納めだなんて、信じられない。それは大事にして、これからもたまに着ろよ」

寂しい気分を振り払うように、あえて意味深な声のトーンで言うと、じろりと睨まれた。

「制服着て、何するんだよ」

「なんだろうな？」

ニヤニヤ笑うと、恋人のきつい目元がわずかに赤らむ。何度も身体《からだ》を重ねたのに、いまだに初心《うぶ》な反応を見せる彼が可愛《かわい》くてたまらない。

夏目がいつまでも笑っていると、連児はちょっと不貞腐れたようにそっぽを向いた。それからまた、きつい目でこちらを睨む。

「俺がいなくなったからって、他の生徒に手を出すなよ？」

可愛い冗談だと思ったが、目を見ると意外と本気のようだった。「あのなあ」と思わず呆《あき》れた声が出てしまう。そんな無節操な男だと思っているのだろうか。

（……思ってるのかもな）

連児にねだられて、かつての馴染《なじ》みのゲイバーに連れていったりしているうちに、彼と付き合う以前の自分がかなりだらしのない男だということが、バレてしまった。連児と初めてキス以上のことをした時点で、男たちとはすっぱり縁を切った。しかし過去の因果が報いとなって、連児に誤解させたり、彼を傷つけたこともあったから、彼の心配も仕方のないことなのかもしれない。

(秋彦《あきひこ》のことも、長いこと誤解してたしな)

高校時代に付き合っていた同僚で同級生の、大森《おおもり》秋彦について、連児は長らく頭を悩ませていたらしい。秋彦が夏目にとっての本命で、自分は同情で「付き合ってもらっている」のだと、つい半年前まで思い込んでいたのだ。

夏目が初めてキスをしてから一年もの間、ずっと彼が悩んでいたのだと知った時、どうしようもなく切ない気持ちになった。もっと早く気づいていればよかった。そうすれば、秋彦をこの部屋に泊めるような真似《まね》は絶対にしなかったのに。

あの時の別れ話を思い出し、らしくもなく感傷的な気分になった。いや、恋人が卒業することで、自分もナーバスになっているのかもしれない。

「生徒に手を出す趣味はない。出したのは、お前だからだ」

テーブルの上に置かれた手を握ると、連児は一瞬、泣きそうな顔をした。何度かまばたきをして、そっと視線を伏せる。

「うん……」

「お前も、大学で浮気するなよ」

冗談めかして、けれどわずかに本気を滲《にじ》ませて言う。心配なのは自分の方だ。若い彼には、日々新しい出会いがある。もともとノンケだった連児には、女と付き合うという選択肢だってあるのだ。

「するわけないだろ」

夏目の不安を正確に受け取って、連児はまっすぐにこちらを見つめる。握り返された手は熱く、力強かった。


食事を終えて、交替で風呂《ふろ》に入った。本当は一緒に入りたかったのだが、こちらが後片づけをしている隙《すき》に、連児が逃げるように風呂に入ってしまったのだ。

いい加減、慣れてもいいのにと思う一方で、いつまでも恥じらいを捨てきれない恋人に愛《いと》しさと劣情がこみ上げる。

「そういえば、俺たちアブノーマルなセックスしてないよな」

ウイスキーを片手に夏目が言うと、ベッドの上の連児は目元を赤くして睨んできた。

「この状況で、よくそういうことが言えるな」

連児は今、制服のネクタイで両手を縛られ、ベッドに横たわっている。もちろん、制服は身につけたままだ。

風呂から上がって夏目は、どんなふうにしたい？　と連児に尋ねた。特別な日だから、なんでもお前のしたいようにする。そう言ったのだが、連児は逆に、「あんたのしたいようにしてほしい」などと可愛いことを言い出した。

「俺のこと気を使ってくれて、いつもそっとしてるだろ。今日はもうちょっと、あんたのやり方でしてほしい」

その場で襲いかからずにいた、自分の理性を褒めてやりたい。

確かに、夏目はこれまでそれなりに、自分の欲望をセーブしてきた。しかし、セックスの際にパートナーの身体を気遣うのは恋人として当然のことだし、夏目の身の内にある欲望をすべてぶちまけたら、それこそ連児をやり殺してしまう。

自分がかなり精の強いタイプだということは、自覚していた。おまけに恋人はこの上なく可愛くて、もよおす劣情には際限がない。

「後悔しても知らないからな」

飛んで火に入ってきた恋人にそう言ったけれど、彼は気丈にも「しないよ」と返してきた。だが今、自分の発言をきっと後悔していることだろう。

「好きに抱いてくれって、お前が言ったんだろ」

「そんなふうには言ってない」

倒錯的なポーズを取ったまま睨みつけてくる恋人に、下半身が重く固くなるのを感じる。スーツの前がはっきりとわかるほど盛り上がっているのを見て、内心で苦笑しながらも見せつけるように連児の目の前に晒《さら》した。軽く立てられた右足に、ゆっくりと擦《こす》りつける。

びくん、と腰が揺れて、怖いもの見たさなのか、連児が恐る恐るというように夏目の下腹部へ視線を這《は》わせた。

「な、に……勃《た》たせてんだよ」

じっとそれを見つめながら、連児の喉《のど》が上下するのが見えた。制服の前立てを見ると、連児のそこもいつの間にか大きくなっている。

「お前だって、ガチガチじゃないか」

するりと指を這わせると、太ももの内側が震えた。ズボンの上から揉《も》みしだく。もう片方の手でシャツの裾《すそ》をまさぐり、素肌に指を滑らせた。

「着たままするのかよ」

いつまでも服を脱がさない夏目に、連児の声は呆れが混じっている。

「高校生最後のお前ってのを、堪能《たんのう》してるんだよ」

夏目が返すと、連児は今度は心底呆れた顔をした。だが、制服を着た連児はもう見られないのだ。たまに興が乗れば、今後も着てくれるかもしれないが、望みは薄そうだ。

「なあ、それ。なんかもどかしい……」

ズボンの上からでは、刺激が足りないのだろう。恥ずかしそうに目を伏せながら、連児が訴える。震えるまつ毛を見て、初めて彼をイかせた時のことを思い出した。

連児が二年生の、あれは二学期に入ってからだった。その頃には、連児がくだらない言いがかりをつけて、夏目がそれに乗り、キスをするのが通例のようになっていた。夏休みの間に冷静になったかと思ったら、休みが明けてからもまた、連児は喧嘩《けんか》を吹っかけてきた。もうこれ以上、深みにはまってはいけないのに、連児が凝りもせず現れたことに、ひどく安堵《あんど》した。おまけにキスをしたら、今まで以上に艶《つや》めいた表情を見せ、たまらず手を出してしまったのだ。

制服の上から初めて彼の性器に触れた時、驚きと期待に目を瞬《しばた》かせ、ゆっくりと揉みしだくと、切なげな顔をしてわずかに腰を揺らした。あの時の彼は「もどかしい」とは言えず、ただ黙ってそっと腰を寄せるのが精一杯だったのだ。

思い出して、下半身に一気に血が集まるのを感じた。腹を撫でる手を引くと、ベルトを外し、ズボンを引き抜く。勃起したペニスが、ボクサーパンツを押し上げるように主張していた。

「……っ」

夏目がじっとそこを見つめると、恥ずかしそうに顔をそむけるのが可愛かった。それ以上は脱がさず、下着の上からペニスを揉みこむ。裏筋と亀頭を擦ると、連児の息が浅くなり、下着からにちゃにちゃといやらしい水音が聞こえ始めた。

「ん……」

縛られた腕で顔を隠し、何かを堪《こら》えるように息を詰めるのが色っぽい。夏目は連児のシャツのボタンを外した。部活で日に焼けた素肌は、冬でもまだ跡が残っている。見事に割れた腹筋をヘソの辺りから舌でなぞった。連児がくすぐったそうに笑って、身を捩《よじ》った。腕を頭の上へと上げさせ、露《あら》わになった乳首を口に含む。軽く歯を立てて舐《な》め転がすと、胸がひくんと揺れた。片方の乳首を指で弄《いじ》る。両の乳首はたちまち芯《しん》を持ち、ぴんと勃ち上がった。

「ずいぶん感度が良くなったよな」

最初の頃は、くすぐったいだけだと言っていた。今では少し擦っただけで勃起する。指摘すると、連児は嫌そうな顔をした。

「あんた、今日はいつも以上にねちっこいな」

夏目は低く笑って身体をずらした。腹筋がひくんと期待したように上下する。ヘソにキスをすると、夏目は下着の上から軽く連児のペニスを食《は》んだ。それは完全に勃起していて、上から亀頭がはみ出ている。鈴口からぷっくりと雫《しずく》が溢《あふ》れていた。

「……っ」

ボクサーパンツの中の陰嚢《いんのう》が揺れる。その奥にある肉襞《にくひだ》の感触を思い出し、夏目は今すぐそこに欲望を突き立てたくなった。ぴったりとした下着に手をかける。

「なあ、代わりの下着を買ってやるから、破っていいか」

「はあ？　破るって……おい」

困惑する連児の足をさらに開かせ、双丘の間に指を滑り込ませる。連児は息を詰め、それから夏目が何をしたいのか理解したのか、またも呆れた視線をくれた。

「変態全開だな」

「嫌か？」

「嫌じゃないけど」

布地は素手ではさすがに切れない。夏目は寝室を出て、キッチンからはさみを持って戻ってきた。

「マジでやるのかよ……」

「メチャクチャに抱いてくれって言っただろ」

「だから、言ってない」

布地をつまむと、肌を傷つけないよう注意を払いつつ、後ろに切れ目を入れた。そこから指を差し込んで左右に開くと、ビリッとボクサーパンツに穴が開く。綺麗《きれい》な窄《すぼ》まりが露わになり、夏目は思わずそこへ舌を這わせていた。

「それは、やめろって……あっ」

連児は後ろへの愛撫《あいぶ》を恥ずかしがる。だが本気で嫌がってはいないようで、腰を浮かせて小さく声を上げた。

チロチロと嬲《なぶ》るようにきつい襞に舌を這わせ、布の上からペニスを揉みしだく。ひとしきり襞の感触と連児の反応を楽しむと、身を起こしベッドのサイドテーブルからローションを取り出した。手の平に取り、濡《ぬ》れた穴にねっとりと塗り込めていく。

「あ、ん……っんっ」

指を増やして陰嚢の裏を突くと、連児はたまらず嬌声《きょうせい》を上げた。夏目は片方で後ろを責めながら、もう片方の手で連児のペニスを扱《しご》き上げる。

「や、出る、出る」

連児は腰を引こうとしたが、逆に後ろの指がいいところに当たってしまったらしい。小さく声を上げ、先端から白濁した液を吐き出した。

「ごめん」

早かったのが恥ずかしいのだろうか。顔を紅潮させ、肩で息をつきながら、恥ずかしそうにぽそりと呟く。潤んだ目が可愛くて、夏目はそのまぶたにキスをした。唇にもキスをして、スーツの前立てを開いてペニスを取り出すと、まだ息も整わない恋人の腰を抱え上げた。すでに夏目の赤黒いペニスは固く反り返り、びくびくと脈打っている。

「え、今っ……あっ」

破れた下着から、濡れそぼった蕾《つぼみ》がひくひくと男を誘っている。達したばかりで敏感になっている後ろへ、ためらいなく突き入れた。

「あ、あっ」

濡れた肉襞が柔軟に夏目のペニスを迎え入れ、うねるように奥へと導く。根元まで入れると、甘くきつく締めあげられた。

「……っ」

射精を堪えながら、浅く突き上げる。

「これ、外して」

揺さぶられながら、連児が拘束された腕を上げる。

「痛いか？」

「違う、けど……」

お願い、と視線で訴える。必死な目がたまらない。本当はもう少し縛ったままにしたかったが、恋人の哀願には抗《あらが》えなかった。

ネクタイを解くと、途端にぎゅっと縋《すが》りついてくる。

「気持ち、いい」

甘い声に、危うく射精しそうになった。腰を動かすのを止めて、じっとやり過ごす。

「和久は？　ちょっとは、気持ちいい？」

夏目はまじまじと相手を見下ろした。

「お前、わざとか？」

「何が……あっ」

たまらず腰が動く。

「お前が可愛いことを言ったりしたりするたびに、出そうになるんだよ。もう少し楽しみたいから、煽《あお》らないでくれ」

「……馬鹿か、あんた……い、んっ」

強く突き上げると、甘い声が上がり襞がうねった。二人の腹の間で、連児のペニスが再び固くなっている。夏目がそれを扱いてさらに責めると、連児は恨めしそうにこちらを睨んだ。

「俺ばっか、やだ……も、お願い……先生」

普段の連児なら決して出さない、泣き出すような、甘えるような声。最後の言葉に、ぎゅんと頭に血が上った。我を忘れて、恋人の尻《しり》をガツガツと激しく穿《うが》つ。肉襞が絡み、舐《ねぶ》るようにペニスを食い締め、夏目はたまらず恋人の最奥に射精した。

「……お前、今度はわざとだろう」

どくどくと絶え間なく精を注ぎ込みながら、夏目は腕の中の恋人を睨んだ。きつい目がふわっと和んで、いたずらっぽい笑みを浮かべる。

「先生、すごくよかった……あっ」

意趣返しに、ぷっくり勃起したままの乳首を強く捻《ひね》ってやった。薄い唇から艶のある吐息が漏れるのを、自分の唇で塞《ふさ》ぐ。

「生徒のくせに、先生を射精させるなんて、悪い子だな？」

クスクスと連児が笑う。中が暖かい。自分の放った種が恋人の身体を満たしている。

（孕《はら》めばいいのに）

恋人の身体の中で吐精の余韻を楽しみながら、夏目は胸の内で小さく呟いた。

たった今放った種で、恋人が孕んでしまえばいい。そうしたら結婚して、一緒に暮らすことができるのに。

こんなことを自分が考えていると、連児は知らないだろう。

（言ったら、どんな顔をするかな）

艶めいた恋人の肌にキスを繰り返しながら、夏目は密《ひそ》かにそんなことを考えていた。


「ほんとに、信じらんねえよ」

取り替えたシーツの上で、連児がまだブツブツ言っている。

「もう明け方なんですけど」

冬の空はまだ暗い。だが時計を見ると、確かに早朝と言える時間だった。

「お前だって、楽しんでただろう」

揶揄《やゆ》するように言い、ウイスキーを口に含む。連児のうなじを取って口づけをした。

「んっ」

苦い酒が流れ込んで、小さく咽《むせ》る。唇の端からとろりと琥珀《こはく》色の雫がこぼれるのが色っぽく、空っぽのはずの下半身が疼《うず》くような気がした。

口では揶揄したけれど、さすがに夏目もやりすぎたかと反省している。着衣のままセックスし、その後は裸になって何度も睦《むつ》み合った。

もう無理、と連児がギブアップしたので一緒に風呂に入り、そこでもしてしまった。のぼせた連児をリビングに運び、ソファの上でぴったりと寄り添っていると、またおかしな気分になった。

しまいには涙目で許しを請う連児に、さすがに可哀相《かわいそう》になってシャワーを浴びた。もう絶対にしないと約束したのに、ぐずる恋人が可愛くて、浴室でちょっといたずらをしてしまったのは、よくなかったと思う。

与えたバスローブではなく、以前から持ち込んでいたスウェットの上下をきっちり着込んだ連児の首筋には、赤い鬱血《うっけつ》が散らばっていた。本人は気づいていないようだが、知られた時が怖い。

「もう、絶対に絶対に無理だからな」

「わかってる。無茶して悪かったたな」

いつもそれなりにセーブしているが、今回は本当に箍《たが》が外れてしまった。文句を言いながらもぐったりして、ベッドに横たわったままの連児を見て、申し訳ない気持ちになる。労《いた》わるように髪を撫でると、気持ちよさそうに目を細めてから、ちらりとこちらをうかがい見た。

「なんか、いつもと違ってた」

夏目は苦笑する。連児も、いつになく甘えてきたけれど、自分も確かにおかしかった。

「俺も、感傷的になってるんだな」

四月から、連児はいない。教師と生徒という関係は解消され、今より少し自由になるはずなのに、寂しい気がする。

本心を告げると、連児は少し微笑《ほほえ》んで、髪を撫でる夏目の手に自分の手を絡めた。

「俺たちは変わらないのに、不思議だね」

「そうだな」

連児が大学に入って、卒業して就職して。その時にまた、同じような感覚を味わうのだろうか。それでもいい、ずっと一緒にいられれば。

「そういえば、卒業祝いがまだだったな」

夏目は言って、サイドテーブルの引き出しから小さな箱を取り出して連児に渡した。包装はない。一目で中身がわかるリングケースだ。

「これ……」

中身は二つの指輪だった。シルバー製で、ファッションリングにしては少しだけ、凝った作りにしてある。

「お前が大学を卒業したら、今度はプラチナのリングを作らせるよ」

だから今はまだ、銀細工の指輪にしておく。四年後にまだ自分たちが付き合っていたら……もちろん、夏目は何がなんでも連児を引きとめるつもりだが……そうしたら、きちんとプロポーズする。夏目と出会わなければ、ごく普通に女と結婚し、家庭を持っていただろう恋人を、すべてを注いで幸せにすると誓う。

「俺、もう泣きたくないのに」

ほろりと連児の目尻から涙がこぼれた。透明の雫が美しく、夏目は敬虔《けいけん》な気持ちで恋人の目尻にキスをする。

抱きしめて、そっと囁《ささや》いた。

「卒業おめでとう」

あとがき

こんにちは、初めまして。小中大豆と申します。

今回は学園モノ、そしてシックスパック受となりました。教師と生徒、しかも男同士という、今世間に知られたら、間違いなくニュースネタになりそうなカップルですが、二人とも真面目に恋愛して交際しているので、温かい目で見守っていただければ幸いです。

本編の「可愛くない」は、実はデビュー前の投稿作でして、投稿から十年近く経っていると思います。当時は残念ながら落選したのですが、個人的に好きな話だったので、修正して同人誌として発表しました。

その後、電子書籍レーベルのラルーナ文庫オリジナルで出していただき、喜んでいたのですが、さらにこのたび紙媒体として発行していただけることになり、嬉しさと驚きでいっぱいです。

しかも高田ロノジ先生にイラストを担当していただき、主人公二人のみならず、脇キャラまで魅力的に描いていただきました。連児の筋肉やチャイナ、おまけにあとがきでは夏目の筋肉まで見ることができたので、もう思い残すことはないかな、と思っています。

高田先生、お忙しい中、本当にありがとうございました。

そして最後になりましたが、ここまでお付き合いくださいました読者の皆様、ありがとうございました。

またこれからもお話を書いていくつもりですので、なにとぞよろしくお願い致します。

それではまた、どこかでお会いできますように。

小中大豆

挿絵を担当させて
いただきました
高田ロノジです。
連児くんが
可愛くて可愛くて…!
楽しく描かせて
いただきました☆
先生から「攻受ともに
ガッチリした筋肉が
見たい」とご希望を
承ったのですが
本文だと
夏目先生の体が
アングル的に
描けず残念だったので
こちらで…♪
ありがとうございました!
ronoji♡
2016

可愛くない：二〇〇九年十月二十五日発行の同人誌作品に加筆修正
嫌いじゃない：二〇一〇年三月十四日発行の同人誌作品に加筆修正
綺麗じゃない：二〇一一年十月九日発行の同人誌作品に加筆修正
離れたくない：書き下ろし

ラルーナ文庫

この本を読んでのご意見・ご感想・ファンレターなどお待ちしております。〒111−0036 東京都台東区松が谷1−4−6−303 株式会社シーラボ「ラルーナ文庫編集部」気付でお送りください。

可愛《かわい》くない

2016年12月7日 第1刷発行

著　　者｜小中《こなか》大豆《だいず》

装丁・DTP｜萩原 七唱

発 行 人｜曺 仁警

発 行 所｜株式会社 シーラボ
〒111-0036 東京都台東区松が谷 1-4-6-303
電話 03-5830-3474／FAX 03-5830-3574
http://lalunabunko.com

発　　売｜株式会社 三交社
〒110-0016 東京都台東区台東 4-20-9 大仙柴田ビル 2 階
電話 03-5826-4424／FAX 03-5826-4425

印刷・製本｜シナノ書籍印刷株式会社

ISBN978-4-87919-978-2